En mai,
fais ce qu'il te plaît

Du même auteur

Joyeux Noël, Christian Carion, Perrin, 2006. Tempus, 2008.

Laure Irrmann et Christian Carion

En mai, fais ce qu'il te plaît

Flammarion

ISBN : 978-2-0813-6636-7

Arbeit und Brot... Avec trois mots, les nazis ont pris le pouvoir en 1933. Les Allemands voulaient du travail et du pain. Peu importe à quel prix...

En ce mois de juin 1939, Hans Becker rumine tout cela en faisant la vaisselle tandis que la radio joue du Schubert. Lui et ses camarades communistes vivent dans la clandestinité à présent. Ils impriment des tracts la nuit, diffusent des messages radio sur les ondes nazies mais qui les lit, qui les écoute ? Les Allemands ont du travail et du pain à présent. Les descentes de la gestapo, les rafles, les saccages des magasins juifs, tout le monde s'en fiche.

Du travail et du pain...

— Elles sont bonnes, non ?

La voix de Max le tire de ses pensées. Son petit garçon attablé derrière lui mange avec gourmandise un bol de fraises qu'il a récoltées le matin même avec sa mamie. En cette saison, c'est un rituel : chaque dimanche, Max retrouve tôt sa grand-mère pour aller cueillir des fraises sauvages dans la campagne autour de Cologne puis les rapporte à son père pour le déjeuner.

— Les meilleures depuis bien longtemps…

Hans a toujours été là pour son fils, autant que faire se peut. La mort de sa mère semble finalement ne pas avoir trop affecté le jeune garçon qui a tout juste 7 ans. Il vit une enfance presque normale, au rythme des promenades avec sa grand-mère et des jeux dans la cour de l'immeuble où personne ne lui parle encore des jeunesses hitlériennes.

Le téléphone sonne dans le couloir de l'appartement. Une sonnerie qui hurle sur la musique diffusée par la radio en ce jour dominical. Hans lève la tête et tend l'oreille. Il ne se sert plus du téléphone depuis que les nazis sont arrivés au pouvoir. Une deuxième sonnerie retentit, identique à la première mais Hans ne perçoit qu'elle à présent. Une troisième sonnerie, puis rien.

Hans n'entend plus que ce silence. Énorme.

Une dernière sonnerie complète le signal.

C'est donc arrivé. Quelqu'un le prévient.

Hans se tourne vers son fils qui ne comprend pas ce qui se passe.

Les gens vont et viennent dans cette rue de Cologne inondée de soleil. Tout à leur quotidien paisible, ils ne remarquent pas les trois hommes vêtus de longues gabardines qui marchent d'un pas pressé. Ces hommes s'engouffrent dans l'immeuble et sont accueillis avec satisfaction par le gardien, qui les salue d'un énergique « Heil Hitler ! » Tandis qu'ils montent dans les étages, des portes s'entrouvrent et se referment aussitôt à leur approche. D'autres, au contraire, s'ouvrent en grand sur leurs habitants curieux de voir ce qui va se passer. Certains font le salut nazi au passage des agents de la gestapo. Ceux-ci s'immobilisent enfin devant la porte de l'appartement des Becker, que le chef ordonne de faire ouvrir aussitôt. La porte résiste peu à un pied de biche et très vite, les hommes pénètrent à l'intérieur du logement.

La lumière de l'entrée est allumée et la radio diffuse toujours la musique de Schubert, mais à l'évidence, l'appartement est déserté. Il n'y a personne.

Les hommes s'engouffrent dans les différentes pièces.

Le chef s'attarde devant un portrait de la femme de Hans accroché dans le couloir. Puis il s'avance dans la cuisine. La table n'a pas été débarrassée et il reste une fraise dans le bol. Il découvre un album photo dont on a vivement retiré tous les clichés. Seul subsiste parfois un coin de la photo qui a été arrachée. Ses hommes fouillent les autres pièces et mettent tout sens dessus dessous dans un grand vacarme.

L'un d'eux apporte dans la cuisine une caisse pleine de tracts : ce sont les exemplaires d'un journal fraîchement imprimé *Das Banner der revolutionären Einheit* (La Bannière de l'unité révolutionnaire). Ils ont également retrouvé un poste émetteur radio dans la chambre. Le chef parcourt un exemplaire des journaux saisis, prend la dernière fraise dans le bol, la met dans sa bouche tout regardant par la fenêtre. Hans Becker et son fils leur ont échappé…

Hans savait que, tôt ou tard, il lui faudrait fuir afin de protéger son fils. Avec un jeune garçon à charge, il était allé aussi loin qu'il le pouvait pour combattre la montée du nazisme en Allemagne. Et maintenant, il était contraint de quitter ce pays, son pays, de tout laisser derrière lui et d'arracher son fils à ce qui constituait sa jeune existence.

Mais ce départ hâtif avait été préparé de longue date. Les voilà, la nuit venue, marchant silencieusement en forêt parmi une dizaine d'autres personnes. Ils passent sous des chênes, des ormes imposants. Leur guide les précède, une lampe torche à la main qu'il allume parfois, pour vérifier son chemin.

Dans leur précipitation, Hans et Max n'ont emporté avec eux qu'un petit bagage et une vieille sacoche en cuir. Max est le seul enfant du groupe. La fatigue se lit sur son visage autant que sa détermination. Il avance d'un bon pas, suivi de son père. Se rend-il vraiment compte de ce qu'il est en train de vivre ?

Au loin, des moteurs de motos se font entendre. Leurs phares les cherchent déjà. Le guide éteint sa lampe et s'enfuit sans se retourner. La panique s'empare aussitôt du groupe et les gens courent dans tous les sens. Hans jette son bagage et entraîne Max vers un arbre. Il hisse son fils sur les premières branches et cherche à grimper le plus haut possible.

Installés sur une grosse branche, adossés au tronc de l'arbre, Hans et Max se serrent l'un contre l'autre. Ils ne tardent pas à voir arriver les motos qui bondissent entre les arbres. Le bruit est assourdissant. Les ordres claquent. Un camion surgit à son tour. Des soldats en jaillissent, lourdement armés. Ils courent sur les talons des gens qui fuient désespérément.

Ils tirent sans sommation et mitraillent à la lumière de puissantes torches.

Hans plaque une main sur la bouche de Max terrorisé et l'autre sur ses yeux. Il regarde en bas et voit les soldats ramener sans ménagement les corps des hommes et des femmes qui marchaient il y a peu encore avec eux : ils les assemblent comme un tableau de chasse. Hans enfouit la tête de Max dans sa veste et ferme les yeux.

Dans une vaste plaine du nord de la France, les blés ont été fauchés. Les gerbes ont été ficelées en bottes avant d'être soigneusement disposées à la verticale sur le champ. Tout le monde s'active maintenant pour ramasser ces précieuses bottes afin de les rentrer dans les granges. Cet hiver, on se rassemblera dans les fermes pour battre les gerbes de blé et en récupérer les grains. Mais en ce début de matinée, un lourd soleil d'août écrase les lieux.

Hans, la chemise trempée de sueur, plante sa fourche dans une botte. Lorsqu'il la soulève au-dessus de sa tête, des centaines de brins de paille tombent doucement, comme une petite pluie blonde dispersée par la brise. Puis il dépose la botte sur un chariot tiré par deux chevaux que conduit le petit Max, un peu intimidé.

Paul, un homme d'une cinquantaine d'années, aussi ruisselant qu'Hans, arrive à son tour, une botte de blé au bout de sa fourche qu'il jette sur le chariot. Tout en modifiant la position de celle déposée par Hans, il s'adresse à son aide agricole.

— Faut pas les mettre toutes dans le même sens ! Sinon, au premier virage, le tas va verser ! On les met en quinconce… Vous faites pas comme ça, en Belgique ?

Il imbrique ses mains l'une dans l'autre pour mieux se faire comprendre.

Hans lui répond en français, un peu troublé.

— Si… Mais, chez nous, on n'a pas les mêmes… quinconces !

L'homme, interloqué, essaie de comprendre la réponse de Hans… Il vérifie que ce dernier corrige bien son geste.

Hans s'est fait embaucher la veille par Paul. Il lui a dit être Flamand, œuvrant de ferme en ferme, au gré du travail. Lui, le professeur de littérature comparée à la faculté de Cologne doit tout apprendre de la vie des champs pour ne rien laisser paraître de ce passé. Paul, l'employeur, ne doit surtout pas savoir d'où ils viennent ni comment ils ont atterri là, à Lebucquière, un petit village du nord de la France.

Autour d'eux, d'autres personnes s'affairent à ramasser les gerbes de blé dans les champs. À cette époque de l'année, on a besoin de bras. Peu importe d'où ils viennent.

Paul donne le signal du déjeuner.

— Bon, c'est l'heure ! J'ai faim, moi ! On va faire le tour, regarde Max !

En reprenant la bride des mains du petit garçon, Paul lui indique comment faire faire une manœuvre à l'attelage. Car il faut contourner le cimetière britannique qui est là, planté au beau milieu des champs, ceinturé d'un beau mur en pierres. L'enfant est impressionné par la grande croix en béton de couleur blanche qui domine la soixantaine de tombes toutes blanches elles aussi.

Puis Paul immobilise les chevaux, les dételé et leur donne de l'eau.

Il invite Hans et Max à venir s'installer contre le mur du cimetière pour manger à l'ombre.

En s'asseyant, Paul prévient ses deux ouvriers.

— Surtout, ne passez pas derrière les chevaux ! Avec la chaleur, ils peuvent être très mauvais ! Caractère de cochon, toute façon ! C'est pour ça que celui-là, on l'a appelé Hitler ! L'autre, c'est Charlot.

L'anecdote fait sourire le père et le fils, ce qui n'est pas pour déplaire à Paul. D'un sac en toile, ce dernier sort une miche de pain, un saucisson, un bocal en verre contenant du pâté et un paquet de gâteaux.

Paul appelle Joséphine, sa fidèle oie. Toute la matinée, elle est restée à l'ombre du chariot, se déplaçant au fur et à mesure que celui-ci progessait, pour être à l'abri du soleil. Joséphine vient vers eux, ouvre le bec bruyamment et Paul lui enfourne un gâteau. Max est totalement fasciné par le volatile dont on voit la peau du cou se déformer au passage du gâteau qu'elle avale. Hans sourit en voyant la tête ébahie de son fils. Et Paul savoure son succès.

De sa musette, il extrait également une bouteille de bière, ainsi qu'une grande bouteille d'eau. Il ouvre la première et la tend à Hans. Mais celui-ci préfère l'eau. Paul boit au goulot et savoure franchement la boisson.

— Moi, j'ai pas le choix ! Y a que la bière qui me désaltère vraiment... Y en a que ça fatigue. Moi, c'est tout le contraire !

Paul boit à nouveau une grande gorgée de bière. Heureux, il se met à rire. Il remarque le regard de l'enfant qui observe le cimetière derrière eux.

— Vous aussi, les Flamands, vous devez en avoir pleins vos champs, des cimetières anglais, non ?

Comme Hans acquiesce, Paul enchaîne.

— En France, ils sont officiellement territoires britanniques ! On leur doit bien ça...

Hans se retient de répondre ce qu'il pense : « Même morts, il faut qu'ils nous colonisent ! » Mais il se tait et acquiesce d'un signe de tête.

Alors que Paul s'est profondément assoupi contre le mur, à l'ombre, Hans emportant une bouteille d'eau, va rejoindre Max qui s'est assis entre les tombes. L'enfant observe les stèles sur lesquelles sont inscrits des noms, des dates, des âges. L'endroit est paisible, tranquille, presque accueillant, hors du temps. Hans s'accroupit pour donner à boire à l'enfant.

Max s'adresse à son père en allemand :

— Tu as vu ? On dirait le cimetière où m'emmène Mamie le dimanche !

Hans s'accroupit aussitôt pour parler à voix basse à l'enfant. Il lui parle en français.

— Max ! Tu as déjà oublié ? Il faut que tu parles français maintenant, comme je t'ai appris ! Même à moi ! C'est dangereux de parler allemand ici, je te l'ai déjà dit…

Max est penaud. Il avait oublié. L'enfant observe autour de lui.

— Mamie dit que, dans les cimetières, on est toujours bien tranquille. Tu crois qu'on reverra Mamie, un jour ?

Hans sent que le cafard s'empare du petit garçon. Il regarde son fils et ne répond pas.

Le conseil municipal de Lebucquière est en pleine réunion. La salle de la mairie n'est pas grande, mais le lieu est empreint de solennité avec sa cheminée en marbre, son drapeau français et le buste de Marianne posé sur un piédestal dans un angle de la pièce. Sur les murs ont été accrochés les portraits des maires qui se sont succédé à Lebucquière depuis 1882, avec leurs noms et les dates de leurs fonctions.

Paul est assis derrière la table du conseil recouverte d'une belle feutrine verte. Les jours de conseil, il aime bien porter une chemise du dimanche pour tenir l'assemblée. À sa droite, se tient Suzanne Blondel, l'institutrice du village, qui assure la fonction de secrétaire de mairie. La jeune femme regarde l'assistance composée des dix conseillers municipaux qui ont eux aussi tous fait un effort de toilette après leur journée occupée par la moisson.

La jeunesse de Suzanne, qui a fêté ses 23 ans, tranche nettement avec la moyenne d'âge de l'assemblée venue écouter Paul. Ce dernier se tourne vers Albert, le fontainier, invité par le conseil municipal à parler de l'éolienne qui actionne les pompes du château d'eau communal.

Paul donne la parole à Albert.

— Je l'ai rafistolée comme j'ai pu, mais bon ! Elle tiendra pas bien longtemps comme ça !

— Et combien de temps penses-tu qu'elle peut encore tenir, justement ?

— À mon avis, elle passera pas l'hiver prochain…

Cet avis d'un expert jette le trouble dans la salle. C'est exactement ce qu'attendait Paul. Le maire enchaîne :

— On ne peut plus attendre maintenant ! C'est évident… Il faut remplacer l'éolienne par une alimentation électrique, comme le propose depuis longtemps la préfecture. On aura l'air de quoi quand y aura plus d'eau chez les gens ?

Les conseillers municipaux se consultent du regard. Mais il est clair que la perspective d'une rupture d'alimentation en eau les effraie et les unit dans la volonté de faire quelque chose.

Tous regardent Suzanne vers qui Paul s'est tourné à présent.

— Mademoiselle Blondel, savez-vous s'il est encore temps de faire une demande de subvention à la préfecture ?

Suzanne sent tous les regards se tourner vers elle. Une image traverse son esprit. Elle se revoit pédalant sur son vélo depuis la gare d'Arras jusqu'à ce village. C'est son premier poste d'institutrice. Elle entend encore le bruissement des hautes herbes lorsqu'elles se prennent dans les rayons de sa roue.

La jeune femme croise le regard de Paul qui attend la réponse à sa question. Il faut parler…

— Fin août, les services tournent encore au ralenti mais dans deux semaines, on pourra déposer un dossier. Il sera examiné au début de l'année 1940, pas avant. Normalement on devrait obtenir 70 à 80 % du montant des travaux en subventions.

Paul regarde son conseil apprécier la perspective d'une telle subvention publique. Il savoure intérieurement. Il aime diriger les débats et amener ses conseillers à voter les décisions qu'il a prises bien avant eux. Mais c'est toujours sans compter Roger. Assis parmi les autres conseillers, il lève la main, le regard vif.

— Tout ça, c'est bien beau, 70-80 %, mais ça ne nous dit pas combien ça coûtera au final !

Paul constate que cette remarque fait mouche auprès des conseillers. Roger le sent également. Il enchaîne :

— Et puis, vous avez tous lu les journaux comme moi, non ? Si la guerre éclate comme y en a qui le disent, je crois pas que l'éolienne de Lebucquière soit une priorité en préfecture d'Arras…

Paul a pris le visage des mauvais jours. Roger marque des points et les conseillers échangent à voix basse. Monsieur le maire s'énerve et hausse le ton sous le regard de Suzanne qui se sent mal à l'aise. Paul s'adresse directement à son rival.

— Ça fait des années qu'on nous parle de la guerre, Roger ! Si on avait dû attendre pour voir, on n'aurait pas fait grand-chose alors qu'il y a toujours à faire... On doit agir et prendre nos responsabilités !

Paul se lève un peu théâtralement. Sa haute stature domine aisément l'assistance restée assise. Il les regarde tour à tour avant de poursuivre :

— Je propose qu'on mette au vote tout simplement la question suivante : est-ce que, oui ou non, vous voulez garantir aux gens du village de l'eau en remplaçant l'éolienne par une alimentation électrique pour faire marcher les pompes ?

Paul se tourne vers Suzanne qui tient devant elle le grand livre des délibérations communales.

— Et, mademoiselle Blondel, vous noterez dans le registre d'un côté les noms de ceux qui ont choisi la modernité, et de l'autre, ceux qui ont préféré l'immobilisme... Alors, qui est pour la modernité ?

Cette simplification du débat agace Roger qui fixe maintenant Paul, mais il est vaincu. Les autres membres du conseil municipal ne veulent pas avoir leur nom dans la colonne de l'immobilisme. Ils se résignent à la modernité et lèvent la main.

Albert se laisse emporter et prend lui aussi part au vote en faveur de la modernité, bien qu'il n'ait pas voix au chapitre.

À la fin des années trente, dans les villages de France, la mairie n'est pas le seul endroit où se débattent les choses importantes de la vie de la cité. Il y a aussi le café, l'estaminet comme il est écrit sur les frontons des bistrots du Nord. Ce soir, à la fin du conseil municipal, Mado accueille l'assemblée qui est venue fêter la décision prise en mairie. Sans Roger bien entendu…

Mado n'a pas son pareil pour charmer la clientèle, qu'elle envoûte grâce au beau sourire qui illumine son visage. La quarantaine avancée, elle n'a pas perdu de son allant. Sa bonne humeur attire tous ceux qui cherchent un peu de chaleur, de gaîté, une oreille aussi.

C'est dans le café de Mado que bat le cœur du village. Paul adore l'écouter quand ils se retrouvent ensemble, chez lui à la ferme. Elle lui raconte ce que les gens sont venus lui confier.

Ce soir-là, Hans et Max sont présents au café pour jouer au billard. Max actionne la tirette et les boules tombent bruyamment dans leur gouttière. Il les donne l'une après l'autre à son père qui les dispose sur le tapis vert. Tous deux ont encore les cheveux mouillés de la toilette qu'ils viennent de faire. Leurs visages arborent les couleurs de ceux qui sont restés longtemps au soleil, au grand air.

Mado sert aux conseillers municipaux, tantôt des pastis tantôt du vin blanc. Paul a pris une bière et va rejoindre Suzanne qui s'est assise. Satisfait, il lève son verre :

— À l'éolienne !

Alors que chacun lui répond en levant à son tour son verre, Mado actionne la manivelle de son tourne-disque Pathé-Marconi. C'est *Ménilmontant*, le succès de Charles Trénet. Mado, tout sourire, invite son homme à danser pour fêter ça.

Le couple s'avance au milieu de la salle et Paul laisse Mado mener la danse. Suzanne, assise sur sa chaise devant un grand verre de vin blanc, observe Mado qui rit dans les bras de Paul. La jeune institutrice ne se sent pas très à l'aise au milieu de cette assemblée. Puis son regard se porte sur Hans. Celui-ci essaie d'apprendre à Max quelques rudiments de billard. Il l'a juché sur une chaise et, installé derrière l'enfant, entreprend de lui montrer comment il faut tenir la queue de billard et la faire coulisser entre l'index et le majeur de sa main posée sur le tapis vert.

Ce n'est pas très concluant. Trop souvent, Max fait une fausse queue, ce qui énerve de plus en plus son père. Max reprend vivement la queue de billard des mains de Hans et, agacé, lui lance en allemand.

— Laisse-moi jouer tout seul !

Hans, inquiet, vérifie aussitôt qu'ils n'ont pas été surpris. Mais les clients du café sont dans leurs conversations… Seule Suzanne a entendu. Gênée, elle n'en montre rien et détourne les yeux pour regarder à nouveau Paul et Mado danser. Sans autre commentaire, Hans abrège la leçon de billard au grand dam de Max. Ils montent le petit escalier au fond de la pièce pour rejoindre leur chambre.

Les rideaux ne sont pas complètement fermés et la lumière d'un réverbère dans la rue éclaire doucement le lit où sont couchés l'enfant et son père. Alors que Max, lové contre son papa, s'endort rapidement, Hans, perdu dans ses pensées, entend la musique et les rires qui parviennent de la salle du café en bas.

Quelqu'un monte en essayant de faire le moins de bruit possible, puis une porte se ferme doucement. C'est certainement l'institutrice qui loge dans la chambre à côté. Il n'y a pas de logement de fonction dans cette petite commune du Pas-de-Calais.

La lumière sur le palier s'éteint et le rai de lumière sous la porte de sa chambre disparaît. Hans écoute la respiration tranquille de son fils. Il essaie de se remémorer la dernière fois où il a tenu sa femme endormie contre lui. Mais il n'en a plus de souvenir précis. Les petits moments heureux du quotidien glissent dans l'oubli quand on ne sait pas les apprécier dans l'instant, pas assez pour les retenir.

Paul et Mado ont fermé le café puis rejoint leur chambre à la ferme. C'est une pièce de belle taille éclairée par une lampe suspendue au plafond. Le lit tout comme l'armoire imposante sont en chêne massif sombre. Un héritage du côté de Paul qui interdit toute appréciation esthétique de la part de Mado. Alors que celle-ci finit de se préparer pour la nuit, Paul, déjà au lit, parcourt son journal, une paire de lunettes sur le nez.

— Tiens ! Ils veulent créer un festival de cinéma, à Cannes, en septembre… Faut bien occuper les oisifs !

Mado vient s'asseoir sur le rebord du lit et lui dit d'une voix douce.

— Qu'est-ce qui ne va pas, Paul ?

Paul quitte son journal des yeux pour fixer Mado, plutôt surpris. Puis, après un silence, il se confesse :

— Ce soir, ça m'a coûté de devoir expliquer, discuter, convaincre en mairie. Tout est prétexte à débat, confrontation… J'en ai marre de tout ça, Mado ! Je songe à démissionner en fait…

Mado lui rappelle qu'il a toujours un passage à vide après les moissons. Mais Paul continue.

— C'est pas ça ! Ça fait plus de dix ans que je suis maire, je me dis que ça suffit. Des fois, je me demande si je suis utile, si c'est bien ce que je fais ! Y a jamais personne pour me le dire, à part Roger pour critiquer !

Mado se glisse sous les draps.

— Les contents, les pas contents, c'est dans mon café, qu'ils viennent ! On prend un verre et on discute… Les gens te font totalement confiance, crois-moi !

Paul hausse les épaules. Mado éteint la lumière de la pièce à l'aide de la poire suspendue au-dessus de sa tête. Dans le noir, elle lui lance :

— Dans le fond, t'as peut-être raison… Faut laisser la place aux autres ! Si ça se trouve, Roger ferait un bon maire, avec toi comme opposant à tout !

Paul pousse un soupir et ils finissent par rire ensemble dans leur lit.

Le 3 septembre 1939, les vies de Paul et Max basculent à nouveau. Comme celles de millions d'autres personnes qui ne le savent pas encore. La France et la Grande-Bretagne ont déclaré la guerre à l'Allemagne qui vient d'envahir la Pologne.

On mobilise, on masse les troupes sur la ligne Maginot puis on attend. On est confiant. La France détient la meilleure armée du monde. Sans compter les empires français et britanniques qui constituent un immense réservoir d'hommes et de ressources naturelles.

Les nazis n'ont aucune chance. Mais on attend quand même…

Les images de Varsovie bombardée ont tétanisé le public dans les cinémas. Ces avions allemands, appelés Stukas, sèment la terreur et la mort, avec leurs sirènes hurlantes et leurs bombes. En quinze jours, les vaillants Polonais ont été balayés par les nazis, désormais alliés aux Soviétiques.

Derrière la ligne Maginot et dans les Vosges, les soldats inoccupés se font des festins avec les champignons récoltés en forêt. On fait passer le temps surtout.

À l'arrière, des circulaires ont été expédiées dans toutes les préfectures. La France a accueilli sur son territoire des milliers d'Allemands depuis 1933. Il convient désormais de les identifier, les localiser puis les rassembler afin d'exercer un contrôle sur leurs activités. Une infiltration en profondeur d'espions nazis, sur le territoire de la Pologne, a considérablement désorganisé l'état-major polonais. Pour ne pas en prendre le risque, le gouvernement français veut savoir à qui il a affaire sur son territoire.

À voix haute, Paul a lu la circulaire préfectorale en réunion du conseil municipal. Suzanne a noté les remarques de quelques élus, dont celle de Roger s'étonnant qu'on se préoccupe si tardivement des Allemands qui séjournent sur le territoire.

Dans la soirée, Suzanne a souhaité « bonne nuit » à Hans et à son fils, ses voisins de palier. Mais elle n'a pas dormi de la nuit. Le lendemain, elle est allée voir Paul pour lui dire que Hans et Max sont probablement Allemands. Elle connaît un peu la langue germanique.

L'institutrice et le maire ont longuement débattu dans la cour de ferme de Paul. Un homme avec un enfant ne pouvait être un espion à la solde des nazis, a suggéré Suzanne. Mais Paul avait tranché. Il ferait leur signalement à la gendarmerie, qui mènerait une enquête, et alors on saura.

La nuit était tombée depuis longtemps lorsque les gendarmes sont venus chercher Hans au café de Mado. Ils ont réveillé le père et son fils. Hans a dû s'habiller rapidement. Ils lui ont passé les menottes dans la cour. Mentir sur la nationalité était un délit. Hans a tout juste eu le temps de promettre à son fils de revenir le chercher avant que les portes du fourgon ne se referment sur lui.

Suzanne, depuis la fenêtre de sa chambre, a vu le petit Max courir derrière le véhicule qui filait dans la nuit. Elle a voulu aller vers l'enfant mais ses jambes ne lui répondaient pas. Alors elle s'est couchée et a éteint.

Depuis cette nuit-là, Max fait régulièrement le même cauchemar où il n'arrive pas à rattraper le fourgon. Il pleure, hurle… Suzanne vient chaque fois dans sa chambre pour le consoler. Mais l'enfant se mure dans son chagrin. Il n'est là pour personne.

Une fois son jugement prononcé, Hans devrait être envoyé avec son fils dans un camp de regroupement à Drancy, en région parisienne. En attendant, il a été incarcéré à la prison d'Arras et Paul a demandé à Suzanne de prendre « en charge » Max.

L'hiver 39 n'est pas particulièrement rigoureux à Lebucquière. Il égrène simplement ses journées tristes et sombres aux termes desquelles le soleil se couche dans un ciel noirci par les fumées des cheminées qui ne s'arrêtent jamais.

Max se repose, allongé sur le lit de sa chambre ; il regarde les photos que son père et lui ont emportées, lors de leur fuite d'Allemagne. Sur l'une d'elles, il a 4 ans quand il fait de la barque avec son père sur le plan d'eau de la ville, c'était en plein été. Là, il a tout juste 2 ans, lorsqu'il essaie de se faufiler entre les barreaux d'une balustrade métallique, sous le regard inquiet de son père.

Il observe longuement la photo où son père et sa mère se tiennent par la main. Deux étudiants brillants qui entament leur carrière de professeurs à l'université, les yeux pleins d'envie.

Le calme règne dans le café de Mado. Il est tard. C'est la nuit de Noël. Max est très seul.

Elle s'est fait attendre mais elle a fini par arriver en février.

La neige…

Suzanne remet du charbon dans le poêle qui ronfle au milieu de sa classe. Par la fenêtre, elle voit les enfants jouer dans la cour avec des boules de neige. Quelques garçons se sont attaqués à la construction d'un bonhomme de neige. Il prend rapidement une fière allure.

Max veut se joindre à eux mais l'un des garçons l'écarte aussitôt. Les gamins posent sur la tête du bonhomme un casque Adrien datant de 14-18, puis plantent un bâton en guise de fusil. Ils sont contents du résultat.

Un des gosses se tourne vers Max :

— Et si tu faisais ton soldat, petit Boche ?

Pauline, une petite fille aux longs cheveux blonds soigneusement tressés en natte, s'approche de Max qui regarde le drôle de soldat blanc.

— Tu veux bien jouer aux billes avec nous, sous le préau ? André ne veut plus jouer…

La neige n'aura pas tenu longtemps, le printemps est précoce en cette année 1940. La campagne, répondant à l'appel, s'est réveillée plus tôt qu'à son habitude et les arbres fruitiers se sont couverts de fleurs, étourdissant les abeilles soudain dépassées...

Le 10 mai, à l'aube, ce sont les armées belges et hollandaises qui se trouvent totalement débordées, bousculées par les divisions de la Wehrmacht. Comme en 1914, les stratèges allemands ont décidé de traverser la Belgique pour atteindre la France.

Et comme en 14, l'armée française s'avance en Belgique pour contenir l'invasion. Mais Hitler a attendu le moment où les troupes françaises ont suffisamment progressé vers le nord pour jouer un coup de maître et lancer une offensive surprise par une route réputée impraticable, les Ardennes. En quelques heures, Guderian et Rommel, à la tête de leurs divisions de panzers, franchissent les vallons escarpés, les rivières encaissées, les taillis impénétrables. Et passent coûte que coûte…

Lorsqu'ils sortent du massif ardennais, ils n'ont personne en vue parce que personne ne les y attend là.

Paul est monté sur un chariot à pailles garé sur l'esplanade devant la mairie. Les gens sont là, les visages graves. Les enfants jouent à chat entre les adultes, sans chercher à comprendre pourquoi tout le monde est rassemblé. Max et Pauline se courent après.

Paul regarde tous ces visages tendus vers lui et se lance.

— J'ai eu tout à l'heure au téléphone la préfecture. Les Allemands sont aux portes d'Arras, depuis tôt ce matin…

Les villageois ont une réaction d'effroi. Paul doit poursuivre, il ne faut pas céder à la panique. Il tente de les rassurer comme il peut.

— La ville est défendue par des Britanniques, comme elle l'a été en 14 ! À l'époque, Arras n'est jamais tombé. Les Allemands, ça prendra le temps qu'il faudra, mais on finira par les renvoyer chez eux, de toute façon, comme la dernière fois !

Paul doit leur donner confiance pour qu'ils puissent accepter la suite des informations.

— Il y a un an, le gouvernement nous a donné des consignes en cas d'invasion. Chaque commune au nord de Paris a reçu des instructions pour que les habitants puissent se rendre dans des villes d'accueil situées plus au sud. La préfecture nous demande aujourd'hui d'appliquer ces consignes. Maintenant ! Et nous allons le faire... C'est notre devoir !

Les gens ressentent comme un coup de massue les mots de leur maire, mais Paul continue et veut insuffler sa détermination.

— Nous devons nous rendre à Dieppe, en Seine-Inférieure ! Alors, nous allons abandonner provisoirement nos champs et nos maisons, pour nous rendre là-bas calmement, comme on nous le demande.

Les gens sont incrédules, ils parlent entre eux. Roger prend la parole.

— Oui, mais on nous avait dit qu'on serait encadré par la gendarmerie ! Et ils sont où les gendarmes ? Et on peut quand même pas partir comme ça, en abandonnant tout derrière nous et sans savoir si on nous attend vraiment là-bas ?

La remarque fait mouche. Paul savait bien qu'il allait être difficile de convaincre le village, mais il poursuit, un peu excédé.

— Moi, j'ai pas besoin qu'on me prenne par la main pour m'emmener quelque part. Tu proposes quoi, Roger ? Attendre ici les Allemands et revivre les tranchées, les bombardements, les gaz, comme en 14 ? Les boches sont aux portes d'Arras ! Tu vas pas attendre longtemps, crois-moi !

Les villageois sont en proie à une angoisse terrible. Ils ont pris conscience de la gravité de la situation et sont désorientés.

Paul est allé au bout de son devoir, il est fatigué d'argumenter.

— Et puis, faites comme vous voulez ! J'ai pas pour consigne de vous emmener de force ! Je n'oblige personne. On ne se doit rien. À chacun sa route !

Paul descend du chariot et prend Mado par la main. La foule s'écarte pour les laisser passer. Ils sont surpris par la réaction de leur maire. Ils se dévisagent, échangent entre eux, essayant de savoir qui va faire quoi.

Paul est rentré à la ferme, il est planté au milieu de la cour. Il regarde les bâtiments en brique qui l'encadrent. La ferme a été reconstruite en 1922, après les démolitions de la guerre et il va falloir encore abandonner tout cela.

Ne pas trop penser. Agir. Le temps est compté.

Paul se dirige vers ses clapiers. Il les ouvre et libère tous les lapins. Mais les pauvres bêtes ne savent pas quoi faire de cette soudaine liberté. Ils reniflent autour d'eux sans bouger vraiment. Paul tape du pied, rien n'y fait. Certains essaient même de rentrer.

Paul ouvre son étable et sort ses vaches. Il les dirige vers la pâture qui jouxte la ferme. Il tape dans les mains et les bêtes s'avancent tranquillement dans le pré. Elles s'éloignent vers l'éolienne qui tourne lentement à côté du château d'eau. Elle grince péniblement. Elle a supporté l'hiver, infirmant le pronostic d'Albert mais la survie de l'éolienne n'est plus une priorité pour Paul.

Mado est assise sur le lit. Elle regarde sa machine à coudre Singer, son tourne-disque et ses 78 tours de Jean Sablon. Face à l'armoire, inerte, elle se demande bien ce qu'il faut emmener pour aller à Dieppe.

Dans la cour, Paul a attaché le chariot à paille pour charger les affaires à emporter pour cette nouvelle vie qui s'annonce. Il prend soin de glisser son oie Joséphine dans un sac en toile de jute. Il l'attache soigneusement à un crochet suspendu au chariot. Seul le cou de l'animal émerge du sac.

Mado sort de la maison, les valises à la main qu'elle vient déposer au pied du chariot.

— Je vais préparer le fourgon au café ! On l'attachera au chariot pour pas brûler d'essence. Tu fermeras la porte à clé ?

Paul lui répond, désabusé :

— Pour quoi faire ? Si des gens passent, ils ne défonceront pas la porte au moins !

Mado hésite un instant, puis repart d'un bon pas en direction du café.

Alors que Paul attache Hitler et Charlot au chariot, Suzanne arrive à vélo dans la cour.

— Qu'est-ce que je fais du petit ?

Le maire avait oublié Max dans tout ça… Il livre alors à Suzanne des informations qu'il n'a pas données tout à l'heure sur la place du village.

— Arras a été totalement évacué, sauf la prison et les malades intransportables de l'hôpital… Le père du petit doit être mort sous les bombardements. Ou repris par les Allemands, ce qui est sans doute pareil…

Suzanne ne fait rien pour cacher l'émotion qui monte en elle.

Après un temps, Paul décide, mal à l'aise :

— Il faut que vous le preniez avec vous, jusqu'à Dieppe ! Là-bas, des orphelins, il y en aura sans doute pas mal… On a sûrement dû prévoir quelque chose pour eux !

Suzanne fixe Paul. Le même souvenir les unit. Ils repensent à leur conversation lorsque Suzanne est venue lui dire que Hans était Allemand. Aujourd'hui, ils savent que Max ne reverra plus son père et ils y sont pour quelque chose, évidemment.

Suzanne repart à vélo alors que Paul installe un matelas sur le chariot et pose son fusil de chasse roulé dans un drap. Il est prêt à partir.

Pour Albert, l'heure des choix est arrivée. L'affaire est sérieuse, dramatique même. Assis dans sa cave, il ouvre une bouteille de vin et se verse un verre. Il boit une gorgée, ferme les yeux. Le verdict est clair.

— Ah ben non ! Je vais quand même pas leur laisser ça non plus ! Ah ben non !

Albert se lève et va s'asseoir face à un mur de bouteilles dont les vins sont issus de tous les cépages ou presque, de France. Le temps passe. Il est tard maintenant et Albert a goûté pas mal de bouteilles. Aucune n'est assez mauvaise pour la laisser aux Boches…

Dans les couloirs de l'hôpital d'Arras, le médecin fait une dernière tournée auprès des malades qui sont encore là. Il faut aller vite, choisir ceux qu'on peut encore emmener et laisser ceux qui ne sont pas transportables.

Sur leur lit, les malheureux ont compris le choix qui s'opère en quelques secondes. Certains implorent, tentent d'accrocher les regards fuyants des infirmières. D'autres essaient de se lever malgré tout. Ils se traînent dans les couloirs, contre les murs, hurlent leur désespoir. Mais les blouses blanches ne s'arrêtent pas, ne se retournent pas. Il faut partir. Les Allemands vont entrer dans la ville.

À la prison, le personnel a été réuni dans le réfectoire. Ils ne sont plus qu'une dizaine de surveillants car beaucoup ont été appelés sous les drapeaux et à cette heure combattent quelque part en Belgique.

Rares sont ceux qui pensent à leurs camarades sur le front. Ils méditent pour l'instant les paroles de leur chef. Ils se regardent, hésitants, mais le bourdonnement des premiers avions leur fait tourner la tête vers la fenêtre.

Le ciel, si bleu ce jour, n'a jamais semblé aussi lourd ni écrasant.

Soudain, les sirènes de la ville hurlent tandis que les gardiens courent dans les escaliers, des trousseaux de clés plein les mains. Ils déverrouillent et ouvrent toutes les cellules.

Le préfet a estimé qu'il était impossible d'évacuer correctement l'ensemble des prisonniers, d'autant qu'aucune consigne n'a été donnée à ce sujet. Il a décidé qu'il fallait donner une chance aux détenus pour ne pas les condamner à une mort certaine en les laissant derrière les barreaux.

Alors, on ouvre.

Certains prisonniers hésitent à sortir de leurs cellules, ils ne comprennent pas la situation. Un bref instant, ils s'interrogent. Mais le mouvement général les emporte. Tout le monde court pour fuir la prison. Hans, non plus, n'a pas cherché à comprendre. Il débouche avec les autres prisonniers sur la grande place d'Arras.

L'espace est immense et vide. Tous les rideaux des commerçants ont été baissés. Une ville fantôme. Une escadrille de Stukas et de Messerschmitt survole à basse altitude la grande place. Des avions décrochent et reviennent vers le groupe des prisonniers perdus au milieu de cette grande esplanade.

Les Stukas se mettent en piqué et, pour la première fois, on entend la sirène de ces avions. Une sirène inoubliable qui marquera à jamais les esprits.

Au sol, l'effet est terrible. Les malheureux sont écrasés par l'onde sonore terrifiante qui provient de l'appareil chutant à 800 km/h. Ils cherchent refuge sous les arcades qui ornent le périmètre de la grande place. Les premières bombes tombent sur la ville, tout juste reconstruite vingt ans plus tôt. Des prisonniers sont fauchés par les balles des mitrailleuses des Messerschmitt.

Hans, qui a trouvé refuge sous les arcades, cherche désespérément un accès à l'une des maisons de la place. Il tombe sur la trappe d'une cave au sol, qu'il réussit à ouvrir et se jette dans cette issue inespérée. Il se laisse glisser sur les planches qui, en temps normal, servent à acheminer le charbon qu'on livre. Hans atterrit lourdement au sol lorsqu'un groupe de soldats se précipite sur lui. Des Écossais.

Hans hurle :

— Je suis Belge ! Je suis Belge !

— Je croyais qu'il n'y avait plus de civils en ville !, interroge un soldat Écossais.

Mais une autre surprise attend les soldats de sa Majesté. Un soldat arrive en courant et annonce que les Allemands ont atteint les tunnels par l'entrée située sous l'hôtel de ville…

Percy, l'officier qui commande cette unité, ordonne à ses hommes de le suivre. Ils partent en courant, sans prêter attention à Hans, tombé du ciel.

Hans se relève et, sans plus réfléchir, décide de suivre ces Écossais qui se replient. Il court, les rattrape et, comme eux, suit cet immense dédale de tunnels creusés dans la craie sous la ville. C'est un véritable réseau de galeries qui ont été électrifiées durant la Première Guerre mondiale par le génie militaire écossais ! Comme si l'histoire se rejouait, ils n'ont fait que remettre en service le système.

Tous les hommes parviennent dans une sorte de chambre creusée dans la craie. Hans reprend son souffle. Avec autorité, Percy exige le silence et chacun tend l'oreille. On entend les Allemands progresser dans les galeries. Leurs voix résonnent au loin, avec un léger écho. Mais soudain, tout le monde tourne la tête sur la droite. Deux soldats allemands viennent de passer en courant dans une galerie à vingt mètres de là.

Percy fait signe à ses hommes de le suivre et ils repartent au pas de course, les uns derrière les autres. Un bruit métallique, une lumière blanche aveuglante et c'est l'horreur.

Les Allemands ont installé une mitrailleuse lourde au pied d'un puissant projecteur. Ils éblouissent les soldats Écossais, pris comme des lapins dans les phares d'une voiture. Les balles de la mitrailleuse hachent les corps qui se tordent et s'effondrent.

Percy, Hans et d'autres soldats réussissent à échapper à cette rafale impitoyable.

Suzanne est debout dans sa classe, face au tableau noir.

De sa belle écriture ronde, elle avait écrit la date du jour *« 17 mai 1940 »*, puis noté l'énoncé d'un problème de calcul que les enfants ne résoudront jamais. D'une main vive, elle efface tout à l'aide de son éponge humide.

Max tire Suzanne de ses pensées. L'enfant s'approche, le visage buté.

— Je VEUX rester ici ! Mon papa va venir me chercher. Il me l'a promis !

Suzanne regarde ce petit garçon qui lui fait face, résolu et déterminé. Elle n'arrive pas à contrôler l'émotion qui l'envahit. Elle baisse la tête pour ne pas montrer ses larmes.

Paul attache le camion de Mado à l'arrière de son chariot. C'est un fourgon Citroën C4 rouge de 1932. Sur les portes est inscrit en lettres rondes *Chez Mado*. Paul et Mado au milieu de la cour regardent, sans un mot, une dernière fois la ferme : la grange, les clapiers à lapin, les écuries, la maison…

Mado ne veut pas se laisser abattre ; elle s'approche de Paul.

— Quand on reconstruira, on mettra la cuisine au sud pour avoir du soleil à midi. Tu es d'accord ?

Paul est médusé par sa femme qui s'éloigne sans attendre de réponse à sa question. Mado monte au volant du camion. Paul tire ses chevaux et l'attelage se met en route.

À peine le portail de la ferme franchi, Paul se fige. Le camion de Mado redescend un peu dans la pente et la corde se tend.

Devant le portail, tout le village s'est rassemblé et l'attend maintenant.

Certaines familles sont sur des chariots, comme celui de Paul, avec tout un bric-à-brac entassé. D'autres sont à pied, les bagages dans des brouettes ou sur des landaus. Suzanne est debout à côté de son vélo, une petite valise sur le porte-bagages. À côté d'elle, se tient Max, avec sa vieille sacoche en bandoulière. Roger est là aussi, debout devant son chariot à paille, à côté de son cheval.

Tous regardent Paul qui, surpris, demeure immobile. Les villageois n'ont d'yeux que pour leur maire.

Roger prend la parole.

— C'est toi qui as raison. Allons à Dieppe et on verra…

Paul savoure ce ralliement sans trop le montrer.

— Très bien… Mais si vous me suivez, on reste ensemble et on fait comme je dis, sinon ça marchera jamais !

Roger constate à haute voix.

— Comme d'habitude, en somme…

Paul ne relève pas et se tourne vers Mado, satisfait, puis s'adresse à l'un de ses deux chevaux, avec une belle énergie.

— Allez Hitler, en route !

Et le chariot sort de la ferme, suivi du fourgon. Les gens se mettent en file derrière l'attelage de Paul. Mado observe, dans son rétroviseur, le village qui prend place derrière elle. Elle regarde Paul qui, de dos, marche d'un bon pas, bien droit.

Le convoi emprunte une route et se dirige vers la campagne et les champs qui s'étendent à perte de vue. Personne ne se retourne. Les visages sont fermés. Ils passent devant le cimetière du village où reposent leurs ancêtres. Quelques têtes se tournent, sans plus.

Ils quittent leur pays. Ces paysans, pour la plupart, n'ont jamais franchi les limites de leur canton. Les voilà qui empruntent des routes inconnues pour aller à Dieppe, au bout de leur petit monde…

Percy et Hans se faufilent dans les souterrains sous la ville d'Arras. On entend les Allemands progresser eux aussi.

Hans aperçoit une tache de lumière sur le sol. Il appelle Percy qui revient sur ses pas. Les deux hommes découvrent une échelle, qui débouche à la surface, vingt mètres plus haut.

Hans écoute les ordres qui sont criés dans les souterrains. Il blêmit et traduit en anglais.

— Les Allemands se sont repliés… Ils placent partout des explosifs pour détruire les galeries !

Percy, interloqué, lance à Hans.

— Quoi ? Comment savez-vous cela, vous ?

Hans ne répond pas et grimpe l'échelle. Percy regarde en direction du tunnel qu'ils viennent juste de quitter. Une terrible explosion retentit et, avant que le souffle ne l'atteigne, il gravit l'échelle à son tour. Une trappe débouche dans une petite chapelle, derrière un autel en bois. Au mur un Christ qui semble tendre les bras, plein de miséricorde.

Hans se précipite aussitôt à l'air libre afin de voir où ils sont. Percy sort à son tour, prudemment, son *bren gun* pointé devant au cas où l'ennemi se trouverait là... Mais la zone est calme : ils sont en plein champ. La chapelle a été construite à l'intersection de deux routes au milieu des pièces de cultures.

Au loin, Arras est livrée aux flammes.

L'Écossais est tendu ; il pointe son arme sur Hans.

— Alors, tu comprends l'allemand, toi ? Qui es-tu ? Qu'est-ce que tu fous ici ?

Hans se rapproche de lui et, à bout, lui lance les explications qu'il attend.

— J'ai fui l'Allemagne il y a des mois. Je suis un opposant au régime nazi... J'ai cru trouver refuge en France mais j'ai fini en prison, à Arras ! Voilà, maintenant tu sais !

Percy baisse son arme. Il regarde autour de lui.

— Tu connais le coin ? Ici, on est au nord ou au sud d'Arras ?

— Au sud !

Percy est abattu. Devant l'air étonné d'Hans, il explique :

— Toute l'armée britannique remonte à Dunkerque, qui est au nord d'Arras ! Et moi, je suis au sud, avec les Allemands, au milieu, qui me coupent la route...

— Quoi, Dunkerque ? lui demande Hans incrédule. Vous vous repliez sur l'Angleterre ? Déjà ?

Contenant sa rage, Hans souhaite bonne chance à Percy, et s'éloigne rapidement en tournant le dos à Arras en flammes.

En courant, Percy rejoint Hans.

— Où vas-tu ?

— Je rentre où j'habite ! Un village à vingt-cinq kilomètres au sud d'ici.

— Okay, nous allons passer par la forêt.

— Nous ?

— Je viens avec toi, ça fait trois jours que j'ai pas dormi ! Je suis fatigué et j'ai pas de meilleure idée…

Hans se laisse entraîner par Percy. Alors qu'ils progressent dans un petit bois, ils entendent clairement le vol en approche d'une escadrille. Percy avise des taillis et les deux hommes se mettent à couvert.

Dans leur cache improvisée, Percy continue son interrogatoire.

— Qu'est-ce que tu as fait pour te retrouver en prison ?

Hans ne répond pas. Il écoute les avions qui passent au-dessus de leurs têtes puis s'éloignent. Aussitôt Hans sort des taillis, file encore plus vite et finit par concéder une réponse à Percy qui le rattrape.

— Les Français m'ont mis en prison quand ils ont découvert que j'avais menti sur ma nationalité. Ils m'ont pris pour un espion.

Percy observe Hans en marchant à ses côtés.

— Et ça t'étonne ?

Hans ne répond pas. Il marche un peu plus vite. Percy, poussé par le silence de Hans, tient à le faire réagir.

— Tu peux bien nous raconter ce que tu veux, en fait !

Hans, agacé, s'arrête et fixe Percy.

— Écoute-moi bien, l'Anglais…

Percy rectifie :

— Écossais !

Hans continue.

— Je t'oblige ni à m'écouter ni à me croire ! Encore moins à me suivre… On est d'accord ?

Percy ne répond pas. Hans repart d'un bon pas. L'Écossais regarde Hans s'éloigner puis reprend la route sur ses pas.

Le village avance sur une petite route de campagne. Mado conduit le véhicule, fenêtre grande ouverte pour ne pas mourir de chaud. Paul marche à côté de son chariot dont les chevaux sont conduits par Max à présent. L'enfant avance la tête basse, son inséparable sacoche en cuir en bandoulière.

Les visages sont marqués par la chaleur. Chacun tente de se protéger du soleil avec des grands mouchoirs humides posés sur la tête ou fixés à l'arrière des casquettes.

Les enfants semblent infatigables, ils courent autour des chariots ou poussent des carrioles d'enfants désormais pleines de valises. Les plus petits dorment sur les chariots. L'un d'eux a la tête sur un coussin posé sur le pédalier d'une machine à coudre Singer.

Paul quitte son chariot et rejoint Suzanne, qui marche à côté de sa bicyclette.

— Ça vous embêterait de faire l'éclaireuse ?

— C'est-à-dire ?

— Vous partez devant à vélo pour voir si on peut rejoindre la nationale sans souci.

Suzanne hésite puis se décide. Elle dépose sa valise sur le chariot de Paul, enjambe son vélo et sans mot dire, suit la route qui se présente à elle.

Suzanne file à bonne allure dans une petite descente, au creux d'un chemin encaissé. Les hautes herbes des talus viennent gentiment lui fouetter les mollets. Des pigeons et quelques perdreaux s'envolent à son approche. Elle savoure l'air qui lui glisse sur le visage et la rafraîchit. Elle se laisse griser par ce moment de solitude, un petit bonheur simple, inespéré.

Elle reconnaît le chant mélodieux des alouettes, ces petits oiseaux qui volent d'un endroit à un autre en chantant. Puis, elle arrive aux abords de la grande nationale. Et c'est une terrible vision.

Dans une cohue indescriptible, des milliers de gens fuient sur cette route, à pied, à cheval, à vélo. Ils se font klaxonner par des voitures qui veulent les doubler pour aller plus vite. Des femmes poussent des carrioles qui abritent des nourrissons.

Une famille a emmené le portrait immense et encombrant d'un aïeul dont ils n'ont pas su se défaire. Dans ce capharnaüm, un homme pédale tranquillement à vélo, un immense pain rond autour du cou. Il mange la mie, de temps en temps.

Deux soldats français en tenue mais désarmés viennent rejoindre les civils. Mais un groupe d'hommes les repousse, de peur qu'ils ne soient repérés par les Stukas. Finalement, les soldats vont marcher à travers champs.

Des chiens suivent de loin cette colonne bigarrée et résignée.

C'est tout un peuple qui se déverse sur les routes, comme si le pays perdait son sang en ce mois de mai 1940.

Suzanne s'en retourne auprès des siens et informe Paul de sa découverte. Le maire regroupe les conseillers municipaux en plein champ. Il improvise une réunion du conseil sans Marianne ni feutrine ni table d'ailleurs. La République n'a pas besoin de décor pour exister.

Suzanne entreprend un compte rendu de ce qu'elle a vu. Les conseillers sont consternés. Roger enfonce le clou.

— On nous laisse aller sur les routes n'importe comment, Paul ! Même pas quelques gendarmes pour organiser un peu tout ça... Tu te rends compte ?

Paul, lui aussi, est ébranlé par ce qu'il apprend. Mais il ne veut rien laisser paraître. Car tous le regardent.

— Raison de plus pour ne pas aller s'engluer sur la nationale ! Je propose qu'on prenne les petites routes, les petits chemins qu'on connaît bien ! On est sur nos terres... Qui est contre parmi les conseillers ?

Les hommes se regardent mais surtout observent Roger, qui se tait.

Paul se tient bien droit.

— Très bien ! Ça cafouille peut-être ici mais à Dieppe, on sera pris en charge. C'est organisé depuis un an ! Alors en route !

Le cheval du maire se remet en marche sous la houlette de Max, aidé de Paul.

Le convoi repart. Mais l'inquiétude est montée d'un cran. Le tableau de la grande nationale encombrée de malheureux comme eux ne quitte plus les esprits.

L'éolienne du château d'eau de Lebucquière tourne en grinçant bruyamment sur un fond de ciel crépusculaire. Aux abords du château d'eau, Hans accélère le pas. Il est toujours suivi par Percy. Les deux hommes arrivent dans la rue du village qu'ils traversent sous le regard du poilu, au sommet de son monument aux morts. Percy lui adresse un salut militaire.

Hans pénètre dans le café de Mado et se précipite à l'étage. Il entre aussitôt dans ce qui fut leur chambre.

Le lit est fait, tout est en ordre, mais vide. Il touche le lit, comme si Max pouvait se trouver sous la couverture. Il regarde les murs de la chambre, désemparé. Hans ouvre l'armoire qui se dresse dans cette petite pièce. Rien.

On entend la voix de Piaf venant d'en bas.

Hans redescend l'escalier et découvre Percy qui est passé derrière le comptoir. Il a mis un vinyle sur le tourne-disque abandonné de Mado.

— Je me vois bien passer la nuit ici ! Tu en veux une ?

Percy actionne la pompe à pression et une jolie bière blonde coule dans sa chope. Mais Hans n'est pas d'humeur. Il se précipite dehors.

Percy quitte le comptoir, son verre de bière dans une main, prend une chaise, se plante au milieu de la salle et s'installe. Il aperçoit le portrait souriant de Mado, qui est accroché au mur.

Il lève sa chope vers elle, reconnaissant, puis commence à boire sa bière.

Il la savoure les yeux fermés et lâche prise réellement. Il reste un moment ainsi, les yeux fermés, assis sur la chaise.

Il est comme ces pèlerins qui ont marché longtemps et peuvent enfin poser leur sac.

Pendant ce temps, Hans a atteint la ferme de Paul. Les écuries sont vides. Les clapiers sont ouverts et des lapins gambadent alentour. Il file vers la maison et s'immobilise en voyant la porte à moitié ouverte. Il entre doucement puis pénètre dans la cuisine. Une poule caquetante est montée sur la table. Hans, machinalement, la chasse de là. Elle se sauve tout en manifestant bruyamment son mécontentement.

Il observe autour de lui. Le calendrier des PTT est ouvert sur le mois de mai : on y voit le port de Boulogne-sur-Mer et ses chalutiers. Hans avise le poste radio et commence à tourner les boutons pour tenter de capter quelque chose.

Se sentant observé, il se retourne et voit un fusil de chasse pointé sur lui.

C'est Albert qui se tient debout sur le pas de la porte.

Dans la cave voûtée d'Albert, la lampe du plafonnier est allumée. Elle jette une lumière crue sur une table en bois où se sont installés Percy, Hans et Albert.

Autour d'eux, plongées dans le noir ou presque, s'alignent les bouteilles. Ils dînent avec des conserves qu'ils ont réchauffées sur un petit réchaud à pétrole. Albert a ouvert une bouteille de côtes-du-rhône.

Percy ne mange pas : il dévore...

Albert leur raconte les derniers événements. Lorsqu'il est rentré de sa visite au château d'eau, tout le monde était déjà sur le départ... Il fallait partir, partir tout de suite, suivre le maire !

— Et moi, j'ai plus pensé à mes bouteilles pour savoir lesquelles il fallait emmener, qu'à demander vraiment où on allait ! Quand je me suis réveillé et que je suis sorti de ma cave, il y avait plus personne !

Hans est interloqué.

— Vous vous êtes endormi dans votre cave ?...

Albert est gêné de cet aveu. D'un regard, Percy désigne la conserve sur le réchaud à Albert pour savoir s'il peut en reprendre… Mais comme celui-ci est absorbé par sa conversation avec Hans, Percy n'attend pas de réponse et se ressert.

Hans, toujours dans l'incompréhension, essaye d'être pragmatique.

— Ils sont peut-être allés à Amiens, prendre un train ?

Hans essaye de se convaincre que c'est une bonne piste.

Albert réfléchit.

— Amiens ? Oui… C'est une grosse gare !

Hans veut y croire. Mais Albert coupe court.

— Vous verrez ça demain ! Partir de nuit, c'est le meilleur moyen de se perdre… Pour eux aussi, c'est la nuit. Ils ont dû s'arrêter quelque part pour dormir.

Hans se résout à patienter, mais son angoisse ne l'abandonne pas pour autant. Il hésite puis s'adresse à Albert.

— Comment va Max ?

Albert continue à rassurer Hans en lui parlant de son fils. Il a fait beaucoup de progrès à l'école avec mademoiselle Blondel.

Hans est surpris. Il ignorait que son fils était allé à l'école pendant tout ce temps-là…

Percy fait une pause dans son repas, partiellement repu. Il s'enquiert auprès de Hans pour savoir si des unités allemandes ou françaises ont été vues dans le coin par Albert. Hans lui répond d'un ton sec qu'Albert n'a rien vu.

— Mais ils sont où, les Français ? Je n'y comprends rien, demande Percy.

— Il n'y a pas de commandement conjoint entre vos deux armées ? C'est incroyable !, lui répond Hans.

— Se battre sous les ordres des Français, faut pas trop nous en demander quand même…

— Si vous n'aviez pas laissé faire Hitler, dès le début, on n'en serait pas là !

Percy regarde Hans, un peu surpris par la colère qui semble monter en lui.

Hans poursuit.

— Pendant que vos diplomates prenaient le thé avec les nazis, des gens en Allemagne ont pris beaucoup de risques, certains sont morts pour empêcher ce qui va arriver ! J'ai embarqué mon fils dans tout ça pour rien… Vous, Français, Britanniques, vous avez manqué de courage…

Percy voit rouge.

— Mais pour qui te prends-tu pour me donner des leçons de courage ?

L'Écossais se tourne vers Albert.

— On va se laisser marcher dessus longtemps par un gars pareil ?

Albert regarde Percy et Hans, il n'a pas compris un mot de ce qui vient de se dire en anglais. Mais la tension est très palpable. Alors il a une idée. À l'aide d'un tire-bouchon, il ouvre une bouteille de vin qu'il a coincée entre ses jambes et la pose sur la table.

— Qu'est-ce que vous pensez de ça ?

Percy regarde l'étiquette et n'en croit pas ses yeux. Il se calme.

— Château-Pétrus 1908... Une merveille ! Dans un trou pareil ?

Albert n'a pas compris ce que vient de dire Percy. Il se tourne vers Hans. Celui-ci traduit :

— Il se demande d'où vous sortez une telle bouteille.

Un large sourire illumine le visage d'Albert qui se redresse sur sa caisse en bois.

— Ah ! C'est la cave de mon oncle ! Négociant à Amiens... On l'a sauvée des Boches en 14, c'est pas pour leur laisser aujourd'hui, non ?

Albert éclate de rire et sa joie détend l'atmosphère. Hans demande à goûter au vin et Albert remplit les verres, heureux de son effet.

Percy porte son verre à la bouche et savoure le vin d'exception. Plein de gratitude, il fait un effort pour s'exprimer en français.

— Merci beaucoup, monsieur !

Percy parle un peu français... Il comprend surtout, tient-il à lui préciser... Albert regarde l'uniforme de Percy, essaie de comprendre les insignes.

Percy l'éclaire.

— Je viens de Scotland, Écosse…

Le visage d'Albert s'illumine ; il se lève et traverse sa cave, prend un objet qu'il rapporte discrètement. Il revient s'asseoir et pose sur la table… une cornemuse !

Percy est médusé et regarde Albert, sans comprendre.

— Mes parents ont caché un soldat écossais dans cette maison, en 1917 ! Il était dans une fosse sous le chenil ! Ma mère allait porter tous les jours à manger au chien avec un panier à double fond. Les Boches n'ont jamais rien vu ! Ça a duré près d'un an, cette histoire… Et quand le village a été libéré, l'officier est parti en laissant cette cornemuse en souvenir.

Percy a écouté attentivement Albert. Il examine l'instrument avec une certaine émotion et découvre l'insigne.

— Les Black Watch… Les Flandres, la Marne, la Somme, ils ont tout fait !… J'aurais aimé servir avec eux !

Percy se laisse gagner par la nostalgie. Une profonde mélancolie s'empare de lui. Le vin l'encourage à se confier.

— En 14, mes deux frères se sont engagés comme volontaires. Moi, j'étais gosse… On les a incorporés dans un régiment de gamins du coin, bricolé n'importe comment. Je les ai accompagnés avec ma mère jusqu'à Glasgow et on ne les a plus jamais revus !

Albert écoute sans comprendre. Il regarde Hans, espérant une traduction. Mais Hans écoute Percy en regardant devant lui.

Percy continue son récit.

— Après la guerre, je me suis engagé dans l'armée, pour devenir professionnel, être mieux préparé que mes frères ! Et me voilà perdu sur le continent comme ils l'avaient été… Toute mon unité a péri aujourd'hui. J'ai perdu 143 hommes depuis le 10 mai ! Toujours en reculant, mais avec beaucoup de courage…

Hans ne dit rien. Percy lève son verre. Il se tourne vers Albert et lui dit en français :

— Aux amis disparus !

Albert trinque avec Percy, puis se tourne vers Hans. Les deux hommes portent un toast chacun leur tour. Hans tend son verre en direction de Percy à présent. Celui-ci hésite un instant, puis accepte l'invitation à trinquer.

Les verres s'entrechoquent et on boit, ils savourent le précieux breuvage en silence.

Percy sort de sa poche un paquet de cigarettes de marque anglaise Craven A, leur en propose une. Il allume les cigarettes avec son Zippo.

Percy tire une bouffée avec satisfaction. Plus détendu à présent, il s'adresse à Hans :

— Alors comme ça, il n'y a pas que des nazis en Allemagne ?

— Non ! Y a aussi des communistes…

— Et à part véhiculer des idées bolchéviques absurdes, tu faisais quoi en Allemagne ?

— J'enseignais le français en faculté…

— Prof en plus !

Un bruit venu de l'extérieur interrompt la conversation. Ils tendent l'oreille. Hans et Percy se lèvent et s'approchent du soupirail. Albert se dépêche d'éteindre la lumière puis les rejoint. Dehors, on voit errer des vaches, des dizaines et des dizaines de vaches qui beuglent désespérément. Elles appellent pour qu'on les traie… Dans deux jours, elles souffriront moins car elles n'auront plus de lait. Les bêtes rôdent autour de la maison d'Albert, on pourrait presque entendre leur souffle derrière la porte, comme si elles cherchaient à s'assurer qu'il n'y a personne.

Le village s'est regroupé dans une pâture, près d'un petit bois pour passer la nuit. Le temps est sec et une belle Lune éclaire les lieux de sa lumière blanche. Les villageois ont formé un cercle avec les chariots. Plus loin, toujours dans cette pâture, se sont installés pour la nuit d'autres villageois qui fuient comme eux.

Sous le chariot de Paul, Joséphine a été libérée de son sac mais elle est attachée par une patte à une des roues du chariot. L'ambiance est morose.

Mado et Paul observent les visages de ces gens inquiets et fatigués. Paul se dirige vers quelques groupes qui se sont assis dans l'herbe, réunis par famille. Il rejoint les parents de Pauline. La mère est assise et tient sa plus petite contre elle. Paul va serrer la main du père.

— Alors, Edmond, ça va ? Vous êtes bien installés ?

Edmond est mal à l'aise.

— On est pas mal, on est pas mal… Faut pas se plaindre ! Quand même… Hier, à cette heure-ci, on était tous à nos maisons… Et pis nous v'là ici ! On a tout laissé, tout !

Sa femme le reprend.

— Arrête ! À quoi ça sert de dire ça ?

Edmond se défend.

— Ben quoi ? Je peux quand même le dire, non ? On a bien fait de partir, hein, monsieur le maire ?

Paul a bien senti qu'Edmond n'est pas totalement convaincu du bien-fondé de ce voyage et il tente de le rassurer.

— Quand on sera à Dieppe, on y verra plus clair ! On a bien fait de partir…

Paul s'éloigne, il sent bien que ses paroles n'ont pas suffi à leur remonter le moral. Lui-même lutte pour ne pas se laisser envahir par le cafard qui règne à cet instant. Et puis, soudain, des notes de musique s'élèvent dans la nuit, faisant tourner toutes les têtes.

Mado a mis en route son tourne-disque et l'on distingue la voix de Jean Sablon que tous reconnaissent. Il interprète *Vous qui passez sans me voir*.

Mado, qui a ouvert en grand son camion, improvise un comptoir avec une table en bois, où elle a disposé des bouteilles de vin blanc et des verres.

Elle prend la parole pour s'adresser aux gens du village.

— Pour cette première soirée un peu particulière, monsieur le maire a décidé d'offrir à tout le monde un apéritif ! Profitez-en ! Pour une fois que la commune paie une tournée générale…

Cette dernière remarque déride franchement l'assemblée. Paul sourit. Mado, derrière son comptoir, invite les gens à se servir.

— Allez, venez, n'hésitez pas, ça va vous réchauffer !

Les gens se lèvent et prennent les verres. Ils commencent à bavarder entre eux. En quelques minutes, l'atmosphère a totalement changé.

Paul regarde ses administrés qui, détendus, remercient chaleureusement Mado. Il se réjouit finalement de la tournure des choses et il la rejoint, un sourire aux lèvres, afin de lui glisser un mot.

— À toi, ils savent dire merci au moins !

Mado se retourne.

— C'est vrai ! Tout le monde m'a remerciée sauf toi…

Il l'attire vers lui pour l'embrasser sur le front et la remercier à voix basse. Mado, satisfaite, lui prend la main pour l'entraîner au milieu d'autres couples qui se sont mis à danser. Il se laisse faire. Ils se serrent peu à peu l'un contre l'autre. Paul reste soucieux du bien-être de ses administrés mais Mado parvient à lui faire oublier un instant sa fonction. Le couple valse doucement sur l'air de Jean Sablon, au beau milieu d'une prairie, sous la Voie lactée.

Suzanne cherche du regard le petit Max. Elle circule entre les chariots, inquiète. Les enfants du village, excités, jouent encore. Mais Max n'est pas parmi eux.

Elle découvre le petit garçon assis un peu plus loin en compagnie de Pauline, ils sont sous les arbres. Max a sorti de la sacoche qu'il ne quitte jamais, quelque chose, on dirait une petite feuille de papier, qu'il donne à Pauline. Puis il embrasse la petite fille sur la joue.

Suzanne les observe à distance.

Des inconnus se sont approchés des chariots de Lebucquière. Ils regardent avec envie les couples qui valsent, réconfortés par la voix de Jean Sablon.

Roger est assis sur un chariot, une cigarette au bec. Il fait son boulot de sentinelle, un fusil de chasse entre les jambes.

— C'est une fête privée. Ça va pas être possible de rentrer, m'sieurs, dames…

Les spectateurs rient. L'un d'eux lui demande d'où ils viennent. Alors que Roger lui répond Lebucquière, une femme avise qu'elle est de Bucquoy !

Roger fait mine de réfléchir.

— Bucquoy… Oui, mais ça va pas être possible quand même, madame !

Tout le monde rit.

Suzanne, à l'écart, a ouvert sa valise et contemple ses affaires. Elle prend un flacon de parfum et, discrètement, se parfume dans le cou. Puis elle sort une grande couverture qu'elle déplie sur l'herbe.

Paul s'approche d'elle. Il l'aide à bien étaler la couverture.

— Avec tout ce qui se passe, les gens vont avoir besoin de nous !

Suzanne ne comprend pas bien ce que ce « nous » représente.

Paul se fait mieux comprendre.

— Vous, vous représentez l'instruction publique et moi, les institutions. Tout part à vau-l'eau autour de nous ! Il faudra qu'on reste forts vis-à-vis des gens. Plus que jamais, nous incarnons la République et nous nous devons d'être présents pour ses citoyens !

Suzanne plaisante :

— Vous voulez quoi ? Que je fasse classe au milieu des champs ?

Paul rétorque.

— Pourquoi pas ? J'ai emmené le buste de Marianne et le tapis vert qui était sur le bureau du conseil municipal !

Suzanne est médusée. Le maire est reparti vers son chariot et Mado.

Max regarde les familles se préparer pour la nuit. Il voit des femmes aller faire leurs besoins dans le bois. Certaines cherchent l'isolement mais d'autres s'accroupissent ensemble entre les arbres et urinent, tout en discutant.

Max observe la famille de Pauline s'installer pour la nuit sous un chariot. Les deux sœurs se serrent l'une contre l'autre et la maman leur raconte une histoire en caressant les cheveux de la plus jeune pour l'aider à trouver le sommeil.

Il entend le vent agiter doucement les feuillages. Dans la pénombre, se découpent les silhouettes noires des grands arbres. Certaines ont des formes étranges, voire animales, presque inquiétantes. Suzanne s'est rapprochée de lui. Elle observe l'enfant, ressent ses peurs, sa tristesse.

Il regarde à nouveau Pauline s'endormir paisiblement parmi les siens.

Elle s'accroupit derrière lui, pour être à sa hauteur.

— Si tu veux, tu peux dormir avec moi. Je suis toute seule, moi aussi…

Max consent à suivre Suzanne qui l'emmène vers la couverture étendue dans l'herbe. Ils s'allongent sur le dos, face au ciel immense, rempli d'étoiles. Après quelques instants, Max est toujours agité.

Suzanne tente de l'apaiser.

— Il faut que tu ne penses plus à rien maintenant et que tu laisses le sommeil venir…

— Je n'y arrive pas !

— Moi, pour m'endormir, j'essaie de penser à quelque chose qui me ferait vraiment plaisir ! Voir la mer, par exemple !

Max réfléchit puis sort de sa sacoche en cuir ses photos. Il se met sur le ventre et les consulte une à une. Suzanne regarde, allongée à côté de Max.

La première représente Hans plus jeune, qui tient par l'épaule une jeune femme brune, très belle, en robe d'été. Tous les deux sourient au photographe. Suzanne examine le visage de cette femme avenante.

Puis, quelques photos montrent le petit garçon à différents âges, seul ou avec son père, devant une école allemande, dans une cuisine, près d'une barque sur un lac... Max a un sourire aux coins des lèvres en retrouvant les lieux qui lui sont familiers.

Suzanne s'est retournée, dos à Max. Elle cache les larmes qui lui sont montées aux yeux.

Au petit matin, le convoi s'est remis en route. A vélo, Suzanne est partis en éclaireur, à la recherche du meilleur itinéraire. Au détour d'un chemin, elle ralentit et met pied à terre. Devant elle, une splendide automobile, une Delage ; plus loin, d'autres véhicules de belles marques elles aussi, toutes immobilisées. Des mouches tournoient autour des voitures. Un bras pend à la fenêtre de la Delage, côté conducteur.

La jeune femme s'approche de la voiture et constate alors qu'elle a été mitraillée. Le toit de la voiture est perforé en de nombreux endroits.

À l'avant du véhicule, un homme gît, effondré sur son volant ; à son côté, une femme, repose la tête en arrière, le visage en sang et son petit garçon allongé en culottes courtes, sur ses genoux, sans vie eux aussi. Devant la Delage, toutes les autres voitures ont été transpercées par une rafale venue du ciel. Le sol est jonché des corps de ceux qui ont sans doute cherché à fuir les lieux du drame, en vain.

Le dégoût saisit Suzanne qui rebrousse chemin et grimpe sur son vélo pour fuir la macabre découverte.

Le village a repris la route et s'engage dans un chemin de terre un peu chaotique, laissant sur sa droite, une belle route asphaltée.

Mado marche près de Paul, une femme et deux enfants ayant pris place dans le fourgon au café.

Les chariots sont un peu secoués car le sol est inégal.

Paul râle.

— Pfff !!! Pourquoi vous nous faites passer par là ? Elle était pourtant bien cette route…

Suzanne lui répond sèchement.

— On fait comme je dis, monsieur le maire !

Paul est surpris par le ton de Suzanne, mais il n'insiste pas. Suzanne a fait monter tous les enfants du village sur le chariot de Paul. Ils sont sagement assis sur le plancher. Suzanne se tient debout devant eux, tant bien que mal à cause des soubresauts du chariot, ce qui fait rire les enfants.

Elle leur fait répéter une fable de La Fontaine : *Le Lion et le Rat.*

— Entre les pattes d'un lion…

Et tous les enfants reprennent en chœur. Certains rient en voyant leurs parents qui les observent, amusés.

Le village progresse sur le petit chemin de terre.

— Un rat sortit de terre assez à l'étourdie…

Les enfants reprennent la phrase mais il est clair que certains n'ont pas compris le sens de ce vers. Suzanne redouble d'énergie pour attirer l'attention des enfants afin que tous la suivent du regard. Avec succès, car ils la regardent tout en répétant la poésie avec plus ou moins de réussite.

Sur sa gauche, Mado découvre la petite route où sont clouées au sol les voitures mitraillées, le drame découvert par Suzanne.

Malgré l'horreur qu'inspire la scène, Mado n'arrive pas à quitter des yeux ces premières victimes visibles du conflit.

Tandis que les enfants poursuivent la fable avec leur institutrice, les adultes découvrent peu a peu, sans un mot, le terrible spectacle qu'ils ont évité en passant par le chemin de terre. Paul est pétrifié en voyant ces corps abandonnés au soleil, ces portières ouvertes sur la tragédie.

Il se retourne et voit les « siens » avancer derrière lui. Certains fixent le sol devant eux, obstinément. D'autres ne peuvent quitter des yeux le drame. Les enfants, emmenés par Suzanne au pays de La Fontaine, n'ont rien vu.

Le convoi du village arrive maintenant aux abords d'un bourg. Des réfugiés sont installés au bord de la route, harassés, devant un grand portail en bois couvert d'inscriptions à la craie :

Famille DESMARET : continue vers Poitiers

Famille GORZYNSKI : avons enterré mamie Rosa derrière l'église. 17 mai

Plus loin, sur un mur, figurent d'autres inscriptions comme celle d'une famille décrivant le petit garçon qu'ils ont perdu.

Au centre du bourg règne une certaine effervescence. Paul laisse Mado avec son attelage et se dirige vers une épicerie. Il entre en saluant le couple de commerçants installés derrière leur comptoir.

Ils lui font un vague signe de tête.

Paul découvre sur l'étalage les prix des fruits et des légumes et lance aux épiciers, scandalisé :

— Nous aurions besoin d'acheter de la nourriture mais… pas à ce prix-là !

— On force personne à acheter, lui répond sèchement l'épicière.

— D'autant qu'on vend ! Ça veut bien dire que c'est pas si cher, surenchérit l'épicier.

Paul les regarde tour à tour et lâche :

— Elle est belle, la France de mai 1940…

Puis il sort.

Suzanne s'approche d'un pré où bivouaque une petite unité de l'armée française. Elle tient fermement Max par la main.

Au creux de la prairie coule une rivière bordée d'arbres offrant une ombre fraîche. Une quinzaine d'hommes, âgés d'une vingtaine d'années pour la plupart, se reposent au bord de l'eau. Certains, torse nu, lavent leur linge dans l'eau courante. D'autres ont tombé l'uniforme pour piquer une tête. Beaucoup sont couchés le long de la berge, en fumant des cigarettes, le regard fatigué.

Suzanne hésite puis s'adresse à Max.

— Tu m'attends ici. Je n'en ai pas pour longtemps…

Suzanne va à la rencontre d'un soldat qui nettoie son fusil.

— Est-ce vrai que les Allemands ont pris Arras ? J'ai de la famille là-bas et je suis sans nouvelles…

Mais Paul a surgi, toujours énervé. Il regarde les soldats et se dirige vers le lieutenant.

— Bonjour lieutenant ! Je suis le maire de Lebucquière, un petit village au nord d'ici. Vous êtes la première unité qu'on croise ! Comment ça se fait qu'il n'y ait personne pour organiser la circulation des convois civils sur les routes ?

Face au silence du lieutenant, Paul continue.

— Où est le front ? Vous avez livré combat et vous venez de vous faire relever, c'est ça ?

Le lieutenant hausse les épaules, un peu fatigué.

— On n'a pas encore vu le moindre Allemand… On doit rester là et attendre les ordres.

— Attendre ?

Paul regarde les soldats autour de lui, qui jouent dans l'eau, font sécher leur linge ou dorment…

— Comment ça se fait qu'on en est là au bout d'une semaine ?…

Le lieutenant ne réagit pas. Il n'a pas de réponse.

Paul, agacé par autant de désinvolture, lui lance :

— Mon lieutenant, n'oubliez jamais que les gens sur les routes vous regardent. Vous êtes l'armée de la République, celle qui défend notre territoire et nos valeurs ! Ils ont besoin de croire et espérer, vous savez…

Paul repart sous le regard du lieutenant.

Mado rejoint Paul dans le pré.

— Toutes les maisons ici sont occupées par des gens de passage, comme nous. Et il n'y a plus rien à manger… Enfin, c'est ce qu'on me dit !

Paul et Mado s'éloignent du pré.

Suzanne regarde le couple s'éloigner puis s'en va retrouver Max.

Mais l'enfant a disparu.

Suzanne file vers le centre du bourg. Elle est très tendue.

Il y a pas mal de gens qui circulent dans les rues et Suzanne demande aux personnes qu'elle croise s'ils n'ont pas vu un petit garçon. À chaque fois, on lui répond que non. L'angoisse monte en elle.

Suzanne arrive en trombe dans la classe de l'école du village et elle y trouve Max qui, au tableau, tente d'écrire un message. Suzanne, furieuse, se jette sur lui.

— Tu n'as pas le droit de t'en aller comme ça, bon sang ! Tu m'avais promis ! Tu veux que je t'attache au chariot, comme Joséphine la nuit ?

Max est surpris par la réaction de Suzanne.

— Ne te fâche pas, Mademoiselle, je ne le ferai plus…

Le petit garçon est gêné car ils ne sont pas seuls. Suzanne n'a pas vu qu'au fond de la classe se trouvait un groupe d'enfants. Ils sont assis par terre et une femme est avec eux. Elle s'était endormie et se redresse en voyant Suzanne.

Suzanne lui demande si elle est l'institutrice. La femme lui sourit tout en dévoilant son uniforme orné du célèbre symbole de la Croix-Rouge.

— Non pas du tout… J'accompagne ces enfants qui ont perdu leurs familles et qu'on a recueillis sur les routes ou dans les champs.

Suzanne regarde ces gosses qui s'affairent, jouent tranquillement avec de petits riens. Le plus jeune n'a pas trois ans. Ils portent autour du cou, un petit écriteau où on a inscrit un prénom - un nom (pas toujours), un lieu géographique et la mention : *"perdu(e)"*.

La femme se lève afin de jeter un œil par la fenêtre.

— J'attends un camion de la Croix-Rouge qui doit passer les prendre pour les emmener à Rouen. Seulement, ça fait trois heures qu'il devrait être là…

La femme, en proie à ses réflexions, regarde Max puis Suzanne. Elle demande :

— Il est à vous ?

— Oui ! répond Suzanne sans hésiter.

Max ne quitte pas des yeux les enfants qui sont en face de lui, des écriteaux à leur cou. Les gamins regardent Max. On dirait que ces enfants se parlent sans échanger le moindre mot.

Suzanne conduit Max vers le tableau noir.

— Alors ? Où en étais-tu ?..

Max reprend une craie et poursuit l'écriture de son message. Elle pointe du doigt sur le tableau un mot.

— « Gentille » est au masculin ou au féminin ?

Max est très concentré.

— Féminin ! Ah oui !

Suzanne regarde Max corriger sa faute.

— Voilà… Avec deux L et un E, c'est mieux !

Puis elle prend ses affaires et entraîne Max dehors.

Hans et Percy poussent le side-car, qui est tombé en panne d'essence. Albert marche à leurs côtés. Ils pénètrent à l'intérieur d'un village qui semble abandonné. Le silence règne dans ces rues désertes. Des poules traînent de-ci de-là. Certaines vont et viennent dans les maisons aux portes ouvertes. Ils arrivent sur une place dominée par un monument aux morts de la Grande Guerre et bordée par d'importants bâtiments.

Percy se dirige vers l'entrée d'une demeure où figure la plaque « Transports Vernier-Frères ». Il cherche de l'essence... Hans marche à grands pas vers l'école communale. Albert, quant à lui, se dirige vers les maisons ouvertes aux quatre vents. Il espère y trouver de quoi manger et boire... Ainsi, les trois hommes se sont dispersés.

Percy pénètre dans la cour de l'entreprise Vernier. Sous un auvent, il remarque un camion abandonné auquel il manque une roue et qui repose en partie sur un cric. Le bâtiment contigu est ouvert.

L'Écossais y pénètre en poussant son side-car. C'est un atelier de mécanique dans lequel il y a une pompe à essence. Il actionne la manivelle : l'essence afflue. Réjoui, il met aussitôt la moto en position pour remplir le réservoir.

Hans déboule, affolé, dans la cour de l'entreprise où il trouve Percy.

— Il n'y a rien sur le tableau de l'école ! Pas la moindre inscription ! Ils ne sont pas passés par ici, on fait fausse route !

Mais les deux hommes n'ont pas le temps de discuter : des véhicules arrivent. Une ouverture dans le mur leur permet d'apercevoir la place du village. Ce sont des camions de l'armée allemande qui sont en train de se garer. Des soldats sautent à terre.

Les deux hommes s'engouffrent dans des escaliers et se réfugient dans la cave. Ils s'approchent d'un soupirail afin d'observer les soldats dehors.

— Où est Albert ? demande Percy.

Hans l'ignore…

Sur la place, vient d'arriver un véhicule léger, d'où jaillissent deux hommes. L'un porte une caméra dans les mains. L'autre regarde les lieux. Il porte un revolver sur le ventre, coincé dans son ceinturon. Il entreprend de filmer le monument aux morts. Celui qui semble l'assister commence à préparer l'équipement.

Les soldats allemands font descendre d'un camion des prisonniers de l'armée française. Ce sont tous des tirailleurs sénégalais, désarmés bien entendu. Ils se mettent en rang, sous la supervision d'un gradé allemand.

Le cinéaste s'approche des prisonniers, les dévisage, stupéfait, et s'adresse au gradé.

— Lieutenant, notre objectif est de montrer au peuple allemand comment on s'est emparé de la France, pas d'un zoo ! L'armée française n'est pas composée uniquement de nègres, que je sache ?

— C'est tout ce qu'on a pu trouver dans le secteur ! répond, gêné, le gradé. Mais j'ai lancé un appel par radio. On va nous amener des prisonniers blancs, ça m'a été confirmé. On en a plein…

Cornelius se calme et réunit les soldats allemands afin de les préparer.

— Messieurs, vous êtes en train d'écrire l'une des plus belles pages du Reich : sa construction… Et le peuple allemand veut savoir comment on bâtit un empire pour mille ans !

Depuis le soupirail de la cave, Hans explique à Percy ce qui se passe dehors. Cornelius et son assistant font partie de ces équipes de cinéma envoyées par Goebbels, le ministre de la Propagande. Pendant des années, l'Allemagne a formé des opérateurs de cinéma capables de bâtir la légende du régime nazi en produisant des films qui étaient diffusés dans tous les cinémas de l'Empire. Le modèle de ces cinéastes engagés est la grande Leni Riefenstahl qu'Hitler affectionne. Dans son pays, tout le monde a vu son chef-d'œuvre *Le Triomphe de la Volonté*, qu'elle a tourné en 1934. Mais son œuvre inoubliable, elle l'a réalisée deux ans plus tard, pendant les Jeux olympiques. Jamais personne n'avait filmé avec autant de talent et d'ingéniosité de telles épreuves sportives.

Le monde entier a alors compris que plus rien ne serait comme avant, dans le domaine du sport filmé, pour commencer…

Pour l'heure, Cornelius prépare son travail, sa mise en scène. Il a fait aligner les tirailleurs au pied du monument aux morts. Il a aussi fait déposer leurs armes sur la route, aux pieds des prisonniers.

— Ils vont reconstituer la prise de ce village, explique Hans. Les prisonniers français sont censés défendre les lieux…

Percy ne comprend pas.

— Mais ils seront armés ?

Hans précise.

— Avec des munitions à blanc…

Percy n'en revient pas.

— Minable !

Cornelius vérifie sa caméra tandis qu'un soldat allemand arrive en poussant devant lui Albert, totalement perdu.

— Regardez ! J'ai trouvé cet homme en train de voler de la nourriture dans une maison du village. Il est blanc ! On pourrait l'habiller en soldat français, non ?

Cornelius s'approche d'Albert.

— Un pillard… Il est trop vieux ! Il me faut des blancs, mais des jeunes !

Puis Cornelius se détourne d'Albert pour s'adresser en français aux tirailleurs sénégalais.

— Messieurs, l'armée française vous a sacrifiés en vous envoyant combattre contre nos panzers ! Moi, je vous donne une vraie chance de sauver votre peau.

Puis en prenant son revolver, il continue son discours.

— À mon signal, vous pourrez vous emparer de l'une de ces armes afin de défendre ce village. Tâchez de vous battre avec honneur ! Vous êtes prêts ?

Les tirailleurs sont dans l'incompréhension. Ils se regardent, la tension est extrême. Cornelius arme le revolver et soudain, tire une balle en plein dans la tête d'Albert, qui s'effondre.

— Action !

Les Sénégalais sont horrifiés par ce qui vient de se passer. Cornelius doit hurler une deuxième fois son ordre pour qu'ils se ruent enfin sur les armes. Les tirailleurs fuient et se dispersent dans le village en courant, affolés. Les soldats allemands prennent tranquillement leurs positions et Cornelius commence ses prises de vues.

Hans et Percy sont debout devant le soupirail. Ils regardent le corps sans vie d'Albert, allongé sur la place. Ils sont sous le choc.

Mais des bruits de pas leur font lever la tête.

La porte de la cave en haut des escaliers s'ouvre. Un des tirailleurs sénégalais descend précipitamment les marches et déboule dans le sous-sol, essoufflé, terrorisé. Il pointe son arme, réflexe dérisoire, sur Hans et Percy.

L'Écossais fait un geste amical en direction du tirailleur et ajoute :

— Attendez-moi ici, tous les deux… Je vais voir comment on peut sortir de ce merdier !

Il remonte les escaliers et referme la porte derrière lui.

Hans et le tirailleur restent ensemble dans la cave, s'observant mutuellement. Hans est totalement aux aguets, habité par la peur.

Soudain, une grenade roule sur le plancher à l'étage.

Hans et le tirailleur se plaquent au sol tandis que la déflagration de l'engin qui explose là-haut, déclenche un épais nuage de poussière qui tombe du plafond de la cave.

Aussitôt, on entend des rafales de mitrailleuse, des hurlements, des pas. Brusquement, la porte de la cave s'ouvre à nouveau et le corps d'un tirailleur sénégalais, criblé de balles, s'effondre dans l'escalier. Il gît à présent en travers des marches.

Puis, après un silence, le bruit des pas d'un homme qui marche. Il défonce des portes, fouille, traîne des choses sur le sol.

Le Sénégalais resté avec Hans s'approche du corps de son camarade puis soudain se couche sur le ventre, à côté du mort. Il a reconnu le bruit des bottes d'un soldat allemand qui amorce la descente de l'escalier de la cave.

Hans est tétanisé. Il regarde rapidement autour de lui et constate l'absence totale d'issue.

Il voit peu à peu apparaître les bottes puis les jambes du soldat allemand qui tient son fusil-mitrailleur devant lui. Le soldat touche du pied les corps des deux Sénégalais inanimés.

Hans prend les devants et lui dit en allemand :

— Ils sont morts !

Le soldat qui ne l'avait pas remarqué, très nerveux, pointe son fusil sur Hans.

Celui-ci lui explique qu'il fait partie de l'équipe cinéma. Le soldat allemand, rassuré, s'approche de Hans. Le tirailleur sénégalais en profite pour se jeter sur lui par-derrière et tente de l'étrangler avec son bras. Aussitôt le fusil-mitrailleur se met à tirer en l'air puis rapidement s'enraye.

Le Sénégalais hurle à Hans :

— Prends-lui son couteau ! À la ceinture ! Prends-lui !

Hans voit le soldat se débattre mais le Sénégalais le tient solidement.

Le soldat allemand, à moitié étranglé, lance à Hans dans un souffle.

— Dans l'étui… Mon revolver !

Hans découvre le revolver dans son étui, sur la hanche du soldat allemand. Il croise le regard halluciné du soldat qui se fait étrangler.

Surpris par l'inaction de Hans, le soldat allemand relâche un peu sa garde. Le tirailleur en profite pour lui briser la nuque entre ses mains. Le soldat s'effondre doucement au pied du Sénégalais. Aussitôt celui-ci s'empare du revolver dans l'étui et pose le canon de l'arme sur le front de Hans. Le Sénégalais est en proie à une immense rage. Hans, sans voix, est pétrifié. Il ferme les yeux.

Percy redescend les marches, ce qui attire l'attention du tirailleur qui vise aussitôt l'Écossais.

Percy s'immobilise. Le tirailleur dévisage une dernière fois Hans puis file par les escaliers sans adresser un mot à Percy, et disparaît.

Percy rejoint Hans et voyant le soldat allemand mort à ses pieds.

— Qu'est-ce qui s'est passé ?

Face au mutisme de Hans, il l'attire vers lui.

— J'ai fait le plein. Il faut partir…

Les habitants de Lebucquière se sont réunis dans une pâture en plein après-midi, près du bourg où ils stationnent. Paul a sorti les symboles de la République. Le tapis de feutrine verte a été déroulé sur une planche posée sur des poussettes et la Marianne est installée sur le chariot, juste derrière lui. Les membres du conseil municipal sont assis devant ce bureau champêtre. Le reste du village se tient en retrait.

Suzanne, assise à côté de Paul, a pris la parole en tant que secrétaire de mairie.

— Il nous reste des vivres pour encore deux ou trois jours seulement. Ensuite nous manquerons de tout ou presque… Nous ne savons pas sur quoi on pourra compter dans les villages que nous traverserons d'ici à Dieppe !

Après avoir laissé un temps, Paul reprend la main.

— Bien ! Vous connaissez tous la situation maintenant. Il faut donc qu'on prenne une décision…

Mado s'approche du conseil municipal et prend la parole.

— Je suis désolée Paul, mais la bouffe, ça concerne tout le monde ici, et surtout les femmes, qui la préparent ! Alors on va tous voter !

Paul, gêné, demande à Mado d'arrêter. Mais celle-ci continue d'une voix calme et déterminée.

— Je ne suis pas d'accord avec ce que tu proposes. Et je devrais me taire parce que je n'ai pas le droit de vote étant une femme, c'est ça ?..

Après un silence, Mado se tourne vers les gens derrière elle.

— Rapprochez-vous ! Allez ! Venez…

Les villageois se resserrent autour du conseil municipal, certains hésitants, d'autres amusés, notamment les femmes.

Mado demande à ceux qui sont favorables à sa proposition de lever le bras. Et c'est une forêt de mains levées, hommes et femmes. Paul ne regarde que Mado, sans prêter attention à tous ces bras levés vers le ciel et qui finissent par s'abaisser.

Sa femme demande maintenant à ceux qui sont pour le maire, de se manifester… Quelques mains se lèvent, dont celles de Suzanne et des parents de Pauline.

Le score est sans appel. Tous regardent Paul. Il y a un réel malaise. Paul, un peu théâtralement, se lève et part, laissant sa chaise vide sous la Marianne.

Mado regarde un instant son homme s'éloigner, puis continue à prendre les choses en main.

— Bon ! On le fait ?

Roger se lève et va prendre son fusil de chasse. Il ouvre la culasse et glisse deux cartouches. Il est imité en cela par quelques autres. Ils suivent Mado qui marche en tête vers la rue principale du village.

Suzanne et d'autres villageois, accompagnés des enfants de la classe, dont Max et Pauline, s'introduisent dans les jardins et les champs autour du village. Ils déterrent, récoltent ce qu'ils peuvent : des fraises, des courgettes, des artichauts.

Ils ont un panier, où ils déposent leur récolte. C'est assez mince…

Mado et son groupe ont forcé brutalement la porte de l'épicerie. Ils pénètrent dans la boutique. Les chasseurs de Lebucquière tiennent en respect le couple de commerçants.

Mado veut savoir où est leur réserve. Face au mutisme des épiciers, elle explore les lieux et découvre rapidement une porte camouflée derrière les étagères. L'épicier tente de s'interposer mais Roger, avec son fusil de chasse, le bouscule violemment. L'homme tombe derrière son comptoir. Sa femme hurle.

Après avoir libéré l'accès de la porte « secrète », Mado accède à la réserve. Elle s'extasie sur ce qu'elle découvre : des jambons entiers, des saucissons…

Paul surgit dans la pièce, fou de rage. Il se dirige vers les épiciers.

— Vous n'avez que ce que vous méritez ! Vous m'entendez ? C'est lamentable de se comporter comme vous le faites ! Honteux…

Il arpente très en colère l'épicerie tandis que les autres s'emparent de tout ce qu'ils peuvent, notamment des trésors de la réserve.

— Si vous avez pu monter votre petit commerce, c'est bien parce qu'il y avait des routes pour faire venir vos carottes et vos navets, de l'électricité pour faire tourner vos installations, allumer vos lampes le soir, non ? Et qui a payé tout ça ? Ben, c'est tout le monde, c'est nous, avec nos impôts ! Alors, quand le pays va mal, c'est vraiment dégueulasse de ne penser qu'à sa gueule…

Paul a fini, il a l'air soulagé.

Il regarde les deux épiciers et ajoute :

— Vous enverrez la VRAIE note à la mairie de Lebucquière, Pas-de-Calais, canton de Bertincourt ! On finit toujours par payer nos dettes, nous…

Paul regarde Mado, attrape une bouteille de bière, boit une gorgée et s'en va sous les yeux des épiciers qui ont mis leurs mains sur la tête.

Dans l'église du village, Pauline et Max sont agenouillés ; ils font une prière.

Max est fasciné par une statue qui représente un ange terrassant un dragon en lui enfonçant la lame d'une lance dans le cou.

Pauline, à voix basse, explique à Max comment se signer. Elle se signe de la main : Au nom du père… Max l'imite, perplexe.

Suzanne est un peu en retrait, assise sur une chaise. Max et Pauline reviennent vers elle.

Pauline s'adresse à Suzanne.

— Vous aussi, vous avez demandé pardon pour ce qu'on a volé, mademoiselle ?

Suzanne répond d'une voix neutre.

— Oui, oui… Tu peux nous attendre dehors, s'il te plaît ?

Pauline s'en va.

Suzanne sort de sa poche un morceau de tissu blanc. Elle le montre à Max.

Regarde ! J'y ai écrit, là, ton prénom : MAX, et mon nom à moi : BLONDEL, avec l'adresse de la mairie de notre village, tu vois ? Si jamais on se perd, tu montreras ça aux gens. Tu as compris ? Je ne veux pas que tu sois ramassé et atterrisses n'importe où, tu comprends ?

Max acquiesce en regardant le tissu, avec les lettres inscrites à l'encre dessus. Suzanne commence à coudre le tissu à l'intérieur de sa veste.

— Elle est gentille, Pauline…

Max se fend d'un large sourire.

— Oui ! On va peut-être se marier.

— Tu en as parlé à ses parents ?

— Non. C'est trop tôt !

Suzanne est amusée. Elle cherche ses mots et murmure avec douceur.

— Ils sont très gentils, ses parents, tu sais. Je suis sûre que, si tu devais vivre avec eux, ça se passerait bien…

Max regarde Suzanne, réfléchit.

— Oui mais c'est avec mon papa, que je vais vivre !

Paul pénètre dans la mairie du bourg, il est consterné : les lieux ont été saccagés. Des chaises sont renversées au sol, la Marianne a disparu. Le portrait d'Albert Lebrun est par terre, en miettes et son encadrement doré a été volé. Les porte-tampons encreurs ne portent plus rien. Des feuilles blanches de papier traînent en vrac sur une table en bois où une machine à écrire, disparue, a laissé la marque de sa place qu'on devine sous la lumière du soleil.

Derrière la table du conseil, traîne ce qui fut le fauteuil du maire, dont le velours rouge a été arraché. Il n'en reste que quelques lambeaux.

Paul retrouve sous une table le tapis vert en feutrine des lieux. Il le déroule et on peut voir que des semelles de toutes tailles ont été découpées dans le tissu.

Paul retourne une chaise pour s'asseoir et regarder ce triste spectacle. Il est plongé dans ses pensées quand arrive Mado.

Elle est saisie, elle aussi, par le spectacle désolant. Puis elle s'adresse à Paul, d'une voix calme.

— Je savais que tu serais là !

Paul la regarde puis lui montre le tapis vert en feutrine. Mado voit les pas de toutes les tailles, découpés dans la feutrine.

— On a piétiné la République ! Tout va changer, maintenant… J'aurais dû arrêter depuis longtemps. Et je me fais mettre en minorité par ma propre femme !

Mado le reprend.

— Arrête, Paul ! À Dieppe, tu iras à la sous-préfecture, on te donnera de nouvelles instructions et plus que jamais, Lebucquière aura besoin d'un maire comme toi !

Paul la coupe. Se souvient-elle du calendrier PTT accroché dans leur cuisine… On pouvait y lire : « En mai, fais ce qu'il te plaît. »

Et il continue.

— On n'y a jamais fait attention. Pourtant, c'est une belle proposition, non ? Quand on sera arrivé à Dieppe, j'aurai fait mon devoir d'élu, en appliquant les consignes. Mais j'en ferai pas plus, Mado ! Y aura là-bas un tas de services administratifs et tout le monde sera pris en charge…

Il se lève et redresse une chaise renversée pour qu'elle puisse s'asseoir en face de lui.

Paul est plus enjoué.

— Aller sur les routes, ça m'a fait du bien ! Ça laisse le temps de penser... Toi et moi, on va prendre le bateau, à Dieppe, et on va aller au Canada ! Y a jamais de guerre, là-bas. Tu ouvriras un café et je reprendrai une ferme... J'ai lu dans le journal qu'ils manquaient de bras.

Mado est abasourdie. Un peu perdue, elle cherche à comprendre.

— Tu veux vraiment partir... quitter le pays ?

Le pays ? Paul lui rappelle que leurs parents ont leurs noms gravés sur le monument aux morts du village, comme victimes civiles... Qu'on lui a retiré un poumon en 17, à cause de cette saloperie de gaz moutarde...

— Le pays ? tu crois pas qu'on a assez donné pour lui et qu'il peut bien nous laisser vivre tous les deux, tranquilles, où on veut ?

Mado et Paul se regardent, peut-être comme jamais ils ne l'ont fait.

De nouveau, la route…

La fatigue se lit sur les visages et le moral est en berne. Les vêtements sont pleins de la poussière des routes et les chaussures, usées à la corde.

Mado est au volant de son camion, en tête du convoi. Son camion a été détaché du chariot de Paul pour soulager les bêtes.

Max, assis à l'arrière du fourgon, somnole, sa tête dodeline… Il est réveillé brusquement lorsque le camion roule dans un creux. Il aperçoit Suzanne qui pousse son vélo, et le reste du convoi, qui a été un peu distancé. Paul conduit Hitler et Charlot, plus loin, derrière.

Les sabots ferrés des chevaux, les grandes roues cerclées de métal des chariots résonnent sur la route de cette petite vallée de la Somme.

Mais peu à peu, chacun ralentit son pas pour tendre l'oreille. Et bientôt tout le convoi s'immobilise pour mieux percevoir ce bruit sourd qui monte au loin.

Les visages se tournent vers cette forêt qui bouche l'horizon sur leur gauche.

Et rapidement, le bourdonnement qui vient de là-bas emplit tout l'espace sonore au fur et à mesure qu'apparaît une lourde escadrille de Stukas et Messerschmitt qui viennent vers eux à basse altitude.

Pour la première fois, les gens voient, ressentent la présence de l'ennemi.

Une force implacable et sans visage.

Ils regardent les avions passer à la verticale du convoi puis s'éloigner vers le sud.

Mais deux Stukas, l'un après l'autre, quittent leur escadrille, font demi-tour et reviennent vers eux. Ils se mettent en position verticale pour fondre sur le convoi et déclenchent leurs infernales sirènes.

Au sol, la panique s'empare immédiatement des villageois. Le son des avions rend fou.

La plupart se précipitent vers deux abris à bestiaux qui se dressent dans la pâture longeant leur route. Pour d'autres, il est plus difficile de faire descendre du chariot le vieil oncle ou la vieille cousine installés sur une chaise. Des familles courent avec leurs enfants dans les bras, quand ils ne sont pas en âge pour courir assez vite.

Suzanne se précipite pour s'allonger et se faire toute petite derrière un abreuvoir en métal dans la prairie.

Des chevaux totalement affolés s'enfuient emportant un chariot chargé de petits meubles et ustensiles. Mais au premier trou dans la pâture, l'attelage rompt et les chevaux s'enfuient vers l'horizon, seuls, tandis que le chariot se renverse dans les herbes.

Les avions ont survolé la route en rase-mottes, sans tirer. Ils reprennent de l'altitude mais d'autres avions arrivent…

Roger, resté sur son chariot pour retenir ses chevaux, se retourne et voit un autre Stuka se mettre en position pour piquer à nouveau dans l'axe de la route. Paniqué, il court se mettre à l'abri dans des buissons.

Paul détèle ses chevaux et, à peine a-t-il le temps de les libérer que les premières balles des mitrailleuses de l'avion atteignent la chaussée derrière lui. Il se recroqueville sous son chariot tandis que la rafale pulvérise les affaires placées sur le plancher de son véhicule.

Joséphine rentre sa tête dans son sac en toile suspendu au chariot.

Mado, en tête du convoi, est restée dans le fourgon. Elle tente d'enclencher une vitesse. Derrière elle, l'avion remonte rapidement le convoi à l'arrêt, mitraillant en continu tout ce qu'il survole. Les matelas sont éventrés, les valises, pulvérisées, les poussettes, déchiquetées.

Le camion de Mado démarre enfin en trombe mais l'avion la dépasse et lâche une bombe qui explose dans le talus, devant elle. Une immense gerbe de terre retombe sur le pare-brise de Mado qui donne un coup de volant sur sa gauche et sort de la route.

À l'arrière, Max est précipité contre les caisses en bois contenant tout ce que les gens ont pu prendre dans l'épicerie du dernier village. Mado roule dans la prairie, tente de se réfugier sous deux imposants saules pleureurs qui ne sont pas loin. Mais elle ne voit pas un trou caché par des herbes et les roues avant de son véhicule se plantent violemment dans cette anfractuosité. Le moteur cale.

Paul se redresse et regarde le camion de Mado, planté là-bas dans la prairie. Il entend le bruit du moteur que sa femme essaie de faire redémarrer.

À nouveau, une sirène infernale de Stuka écrase les lieux de ses décibels.

Paul se retourne et voit venir droit sur lui l'appareil allemand depuis le sommet de la colline qui domine la petite vallée. De part et d'autre, des gerbes de terre jaillissent, formant comme deux bandes parallèles se rapprochant à toute allure.

Paul quitte son chariot et tente à son tour de rejoindre les cabanes, où ont trouvé refuge beaucoup de villageois. Mais l'avion dépasse Paul qui se couche au sol, miraculeusement épargné par les balles des mitrailleuses.

Il n'en est pas de même pour d'autres.

Car l'avion vise en enfilade les deux abris à bestiaux distants d'une quarantaine de mètres, l'un de l'autre. Le tir est d'une effroyable efficacité. Les balles transpercent les planches latérales, les toits des deux abris. Les gens ressortent en hurlant de ces lieux où la mort est entrée par effraction.

L'avion a fini son travail. Il reprend de l'altitude tandis qu'un autre se prépare à plonger de nouveau, pour tuer.

Il se met dans l'axe du camion de Mado qui ne redémarre pas.

Dans le fourgon bâché, Max s'est redressé et s'approche de l'arrière, ouvert sur le ciel. Il voit l'avion piquer droit sur lui.

Il recule et file par une petite porte latérale en bois, juste à temps.

Les balles atteignent le camion. La bâche toilée est aussitôt déchiquetée. Le pare-brise vole en éclats.

Dans la foulée, le deuxième avion revient à l'assaut et lâche une bombe derrière le camion avant de s'éloigner.

Le calme retombe brutalement. Les avions ont disparu ; peu à peu les oiseaux se remettent à chanter, comme avant.

Les villageois, allongés dans les herbes, ont besoin d'un moment pour retrouver leur souffle. Ils réalisent ce qui vient de se jouer. Chacun cherche à savoir si l'être cher est vivant.

Des hurlements, des pleurs, des retrouvailles aussi.

Une femme se précipite dans un des abris à bestiaux. Parmi les corps ensanglantés qui gisent au sol, braille un nouveau-né d'à peine 3 mois, indemne, adossé contre sa mère qui baigne dans son sang, les yeux ouverts.

L'enfant est emporté…

Suzanne se relève et court à toute vitesse vers le camion de Mado. Elle découvre l'arrière du fourgon dévasté par les balles. Personne. Et puis Suzanne tombe sur Mado, assise au volant. Du sang lui coule depuis sa chevelure, sur le front et la joue gauche. Elle est inerte, les yeux ouverts dans le vide.

Paul arrive en courant et Suzanne s'écarte.

Paul s'approche et voyant Mado couverte de sang, l'appelle doucement, comme s'il ne voulait pas la réveiller.

— Mado… Mado…

Elle ne réagit pas. Il ouvre la portière et elle tourne lentement sa tête vers lui sans prononcer le moindre mot. Paul ouvre franchement la portière du camion et prend sa femme doucement dans ses bras. Il fond en larmes, couvre de baisers son visage, sa bouche. Il la dépose lentement sur le sol, se penche sur elle, la garde dans ses bras comme s'il consolait un enfant. Elle revient à elle, bien que sous le choc encore. Il la palpe à la recherche d'un éclat, d'une blessure. Mais non, rien.

Suzanne recule puis avance dans les champs à côté du camion, crie, hurle comme une folle le prénom de Max mais seuls se font entendre un vent léger dans les cimes des arbres et le chant des alouettes.

Max a disparu…

Hans et Percy arrivent dans un village, tous deux sur le side-car qui roule à faible vitesse. Le moteur cale et la moto s'immobilise. Hans descend tandis que Percy s'extrait du siège latéral avec son fusil-mitrailleur et sa cornemuse. Hans tente de faire redémarrer l'engin mais une fumée noire sortant du moteur laisse à penser qu'on ne pourra plus rien tirer du véhicule.

Les deux hommes abandonnent leur machine et pénètrent dans le village, à pied. Ils passent devant le grand portail en bois où les familles ont laissé des inscriptions pour témoigner de leur passage. Ils sont dans le bourg qu'ont traversé la veille les villageois de Lebucquière. Les rues sont désertes à présent, il n'y a plus cette effervescence qui régnait encore il y a quelques heures.

Hans file vers l'école tandis que Percy se dirige vers l'épicerie qui semble ouverte. L'Écossais pousse la porte et aussitôt le couple d'épiciers met les mains sur la tête.

Surpris par leur soumission volontaire, l'Écossais désigne une bouteille de bière.

— Je peux ?

L'épicière regarde son mari et celui-ci s'adresse à Percy, toujours les mains sur la tête.

— Je vous en prie...

Percy sort, reconnaissant mais gêné, la bouteille à la main. Il ne comprend pas pourquoi les épiciers gardent leurs mains sur la tête.

Hans pénètre dans la classe de l'école. Elle est vide. Sur le tableau de l'école, il retrouve un message. L'écriture, cette fois, est enfantine, incertaine, pas très bien alignée.

> Mon papa,
>
> Nous avons fait halte ici pour nous reposer. Mademoiselle s'occupe bien de moi. Elle est très gentille.
>
> J'ai donné une photo de toi et moi à Pauline parce qu'on s'aime.
>
> Je t'embrasse bien fort.
>
> Max

Hans regarde l'écriture de son fils, relit le message et les larmes lui viennent. Cette fois, il a du mal à les contenir.

Hans et Percy reprennent la route à pied. Très vite, ils parviennent à l'endroit où le village s'est fait mitrailler. Des poussettes déchiquetées, des valises éventrées, des vêtements salis jonchent le sol. Hans reconnaît le camion de Mado, mal en point, dans la pâture.

Il s'y précipite, suivi par Percy qui observe les lieux, aux aguets. Hans est monté à l'arrière du camion. Il fouille parmi les débris qui jonchent le sol, retourne les caisses en bois, les cagettes et il tombe sur la sacoche en cuir de Max. Il l'ouvre et retrouve les photos de sa famille. Il se tourne vers Percy, qui l'attend derrière le camion mais l'Écossais n'est pas seul.

Il est tenu en respect par trois soldats français. L'un d'eux fait signe à Hans de descendre du camion. Les mains sur la tête, les deux hommes sont conduits au sommet de la colline. Les lieux sont envahis par des soldats français. Ils sont occupés à creuser des fossés, à poser des barbelés et des canons antichars sur roue. Une intense énergie se dégage de tous ces préparatifs.

Percy se présente au capitaine. L'homme comprend l'anglais.

— J'appartiens au 6e bataillon des Seaforth Highlanders. Les Allemands nous ont délogés d'Arras, et depuis je fais route vers Dieppe en compagnie de cet homme, un réfugié flamand.

Le capitaine scrute le document que Percy vient de lui donner. Il remarque la cornemuse attachée au ceinturon de Percy.

Les deux hommes se saluent militairement. Le capitaine se tourne vers Hans pour lui demander ses papiers. Comme Hans hésite sur la réponse à donner, Percy vient à son secours.

— Il les a perdus pendant la bataille d'Arras. J'en réponds personnellement, capitaine.

Percy interroge le Français sur les préparatifs en cours… Le capitaine explique qu'une division de Panzers fait route vers eux. Ils construisent une ligne de défense antichar. L'objectif est de stopper l'avancée des blindés afin que d'autres unités françaises puissent les prendre par les côtés. Percy observe les soldats qui s'échinent à mettre en place les mitrailleuses, canons et munitions. Mais il est clair que toute l'énergie déployée ne pourra pas compenser le manque de moyens militaires.

Percy ne comprend pas la situation.

— Capitaine, si les Allemands franchissent la Somme, la route de Paris sera ouverte ! Vos supérieurs le savent aussi bien que nous et pourtant ils ne vous donnent pas plus de moyens pour combattre ?

Le capitaine est mal à l'aise. Il lâche à voix basse.

— L'essentiel de nos forces est bloqué en Belgique. La percée allemande à travers les Ardennes nous a cassé les reins…

Percy est blême. La situation est beaucoup plus désespérée qu'il ne l'imaginait.

Hans s'approche de l'officier Français.

— Mon capitaine, je connais ce camion là-bas, les gens qui voyageaient avec. Savez-vous où ils sont à présent ?

— Nous les avons évacués, répond le capitaine. Ils ont été attaqués par des Stukas. On les a aidés à enterrer leurs morts et puis on leur a fait traverser au plus vite la Somme qui est juste derrière. On s'apprête à faire sauter tous les ponts.

Hans est livide.

— Avez-vous enterré un enfant ?

Le capitaine est surpris par cette question, plutôt mal à l'aise.

Hans insiste.

— Où sont les tombes ?

Le capitaine lui montre un champ de blé vert au loin. Hans file dans la direction. Il trouve plusieurs tombes, en fait des monticules de terre fraîche avec de simples croix en bois bricolées. Il remarque une sépulture plus petite que toutes les autres.

Il s'en approche, hésite, puis tombe à genoux et gratte frénétiquement la terre.

Hans touche quelque chose enfoui. Il s'arrête puis doucement découvre la chevelure d'un enfant enterré. C'est la longue tresse blonde de Pauline, dont le visage est dissimulé sous un mouchoir. Hans est pétrifié par sa découverte. Il remarque quelque chose et sort de la terre une photo abîmée où on les voit, lui et son fils, assis dans la cuisine de leur appartement en Allemagne.

Hans regarde la photo et craque. Il fond en larmes.

Percy arrive derrière lui, met la main sur l'épaule de Hans, voit le corps de la fillette puis recouvre de terre la tombe improvisée.

— Ton fils doit être de l'autre côté du fleuve, avec les autres ! Dépêche-toi… Il faut le rejoindre maintenant.

Percy entraîne Hans qui se relève. Les deux hommes s'éloignent. Ils restent silencieux jusqu'au sommet de la colline qu'ils ont atteint maintenant. Hans a compris que leurs chemins se séparaient à présent.

— Tu restes ici ?

Percy esquisse un sourire.

— J'ai toujours rêvé d'être sous les ordres d'un Français… Reculer, c'est vraiment pas pour moi !

Percy sort de sa poche un papier.

— Quoi qu'il arrive, promets-moi une chose. Rejoindre Londres… À Dieppe, tu pourras prendre un bateau pour y aller !

Il donne à Hans le papier.

— Va à cette adresse. C'est un officier instructeur que je connais très bien. Dis-lui que tu viens de ma part ! Je t'ai mis mon nom et mon numéro de matricule… Et prends ça aussi !

Percy donne son Zippo à Hans.

— Il me l'a offert… Tu peux brouiller les émissions nazies, diffuser de fausses infos. Tu peux leur faire beaucoup de mal, j'en suis convaincu à présent ! J'ai compris un truc avec toi. La guerre ne se gagnera pas uniquement avec des cinglés comme moi !

Hans prend le papier et le briquet. Les deux hommes se regardent et Hans tend la main à Percy. Ils échangent une longue poignée de mains avant de se séparer.

À la tombée de la nuit, les gens de Lebucquière, épuisés, abattus, trouvent encore le courage de franchir un pont sur la Somme. Mado est assise sur le chariot de Paul, un pansement ajusté au sommet du crâne. Des soldats français du génie militaire courent dans tous les sens. Ils leur demandent de se hâter. Suzanne aperçoit les soldats qui installent des explosifs au niveau des piles de l'édifice. Une angoisse l'étreint. Elle regarde de l'autre côté du pont et commence à rebrousser chemin.

Un officier l'interpelle.

Suzanne est livide.

— J'attends quelqu'un… Un petit garçon qui est resté de l'autre côté…

L'officier ne l'écoute pas. Il la pousse vers l'autre rive.

Suzanne est hors d'elle. Elle se débat comme une folle et un soldat l'attrape sans ménagement pour la repousser sur la rive sud. Mais elle ne renonce pas. Elle hurle.

— Je vous dis qu'il va arriver ! On peut pas le laisser de l'autre côté !

L'officier qui commande la manœuvre se met en position face à un détonateur. Il branche deux fils et actionne le manche.

Alors que le pont explose, Suzanne pousse un long cri de désespoir.

Au loin, Max entend un bruit sourd, comme une sorte de gong espacé de façon régulière. Il est debout, à hauteur des hautes herbes, sous le soleil de cette fin de journée brûlante. Il regarde un arbre majestueux qui s'agite dans le vent.

Il tourne la tête vers l'endroit d'où semble provenir le son mais les hautes herbes ne laissent rien paraître. Il avance, écartant la végétation frêle. Ce qui déclenche l'envol d'insectes de toute sorte et les bonds de dizaines de criquets.

Au fur et à mesure que l'enfant progresse, il perçoit une voix humaine, affaiblie, qui s'ajoute au bruit du gong. C'est une voix masculine qui demande de l'aide, en allemand.

Max avance dans la direction de la voix et finit par découvrir un soldat allemand, d'une trentaine d'années, assis contre un abreuvoir métallique, qu'il heurte machinalement avec sa tête peut-être dans l'espoir d'attirer quelqu'un.

Un peu plus loin, gît le corps d'un soldat français.

L'allemand est livide. Il a le bras gauche gravement touché et se vide de son sang.

— Comment t'appelles-tu ? demande-t-il en allemand.

Devant Max muet, il insiste en français.

— Ton nom ?

Max hésite et lui répond en allemand.

— Je m'appelle Max…

Le soldat dévisage le petit garçon, animé par un regain d'énergie.

— Tu es Allemand ?.. Tu es Allemand…

Mais l'excitation se dissipe et la douleur revient, très forte.

Il a essayé de se faire un garrot avec un ceinturon autour de son bras.

— Approche petit. Tire sur ce bout-là…

Max est mal à l'aise. Le soldat le supplie, mais s'exprime calmement.

— Aide-moi, petit, je vais mourir… Tire fort sur la ceinture !

Max se penche pour tirer sur le bout du ceinturon mais ça ne serre pas assez.

Le soldat pleure, épuisé. Il dévisage Max.

— Tu as quel âge ?

— 8 ans !

Le soldat regarde le visage de Max, perdu dans ses pensées.

— J'ai un petit garçon moi aussi, Johann… Je ne verrai pas ses huit ans…

Il sort péniblement de sa capote un portefeuille. Il le tend à Max qui s'en saisit.

— Prends mon portefeuille et donne-le au premier soldat allemand que tu croiseras… Tu me promets ?

Max hoche de la tête.

Le soldat se sent soulagé. Il regarde Max et son regard s'éteint.

Max reste à genoux à côté du soldat qui vient de mourir. Il regarde autour de lui, plein de détresse. Il se lève et s'en va se perdre dans les hautes herbes où grouille la vie.

L'enfant trouve refuge pour la nuit dans une petite cabane. Il est assis par terre, adossé à une paroi de planches, parmi des manches de pelles et râteaux. Il aperçoit par une lucarne la Lune dans le ciel. Le vent pousse les nuages devant l'astre mort et agite les arbres au dehors. Une branche malmenée frotte le toit de la petite cabane en bois. L'enfant se recroqueville sur lui-même, comme pour se protéger des idées noires qui rôdent dans cet abri inhospitalier.

Le volet extérieur de la lucarne se met à claquer.

Max entoure ses jambes de ses bras et y enfouit sa tête.

Hans a poursuivi sa route malgré la nuit qui est tombée. Il marche à travers champ, ne sachant pas vraiment où aller, cherchant dans les ténèbres quelque trace, un indice, une espérance. Parfois, il bute sur des paquetages abandonnés de soldats ou les cadavres de combattants allemands et français, dont il éclaire les visages avec le Zippo.

À l'évidence, il chemine sur ce qui fut un champ de bataille. La guerre est passée là, laissant des corps comme la marée abandonne en se retirant, des coquillages.

Hans tombe à genoux, désespéré. Le vent souffle dans les hautes herbes.

Le jour commence à poindre et Hans aperçoit une grande croix blanche, en haut d'une colline. Il se relève, se dirige vers elle. Il est titubant de fatigue lorsqu'il pénètre à l'intérieur d'un cimetière. Il est dédié aux Britanniques morts pendant la Première Guerre mondiale.

L'endroit est calme, paisible, presque accueillant. Le vent n'est pas tombé. Il agite les bouleaux qui bordent les lieux.

Arrivé au milieu de l'allée centrale, Hans tombe à genoux, vaincu par la fatigue. Il laisse l'immense chagrin monter en lui, le submerger. Il n'a plus la force d'y résister. Il s'allonge doucement sur le gazon comme s'il n'attendait plus que la mort.

Derrière lui, la porte de la cabane à outils du cimetière s'ouvre doucement. La silhouette de Max apparaît. Il s'approche lentement de cet homme allongé, puis en fait le tour et découvre son père. L'enfant se fige.

Hans aperçoit d'abord les chaussures du petit garçon. Il semble les reconnaître. Il redresse la tête et découvre son fils.

Envahi par l'émotion, il se redresse et le sert contre lui. Il tombe à la renverse avec l'enfant et tout son corps accueille cette joie inespérée.

Ils se parlent, s'embrassent, pleurent aussi…

Ils remercient Mamie.

Plus tard, Hans et Max ont quitté le cimetière. Ils ont repris la route. Un instant, ils se sont assis au pied d'un calvaire à la croisée des chemins. Max mange à même une boîte de ration militaire tandis que Hans dévore du regard son fils.

— Tu as grandi… Il faudra que je te mesure !

Max regarde l'inscription allemande sur un emballage.

— Des biscottes ! C'est bon… Tu en veux ?

Hans fait non de la main.

— J'aurais tellement aimé t'apprendre moi-même à lire et écrire…

Une infinie tristesse s'empare de Hans. Il voit l'embarras de Max et se ressaisit.

— Tu as bien fait de laisser des messages sur les tableaux des écoles, en tout cas ! C'était une idée de génie !

Il passe la main dans les cheveux de Max et lui secoue affectueusement la tête.

— C'est mademoiselle Suzanne qui y a pensé ! répond fièrement Max. Et ça aussi, c'est elle…

Max montre l'intérieur de son vêtement dans lequel Suzanne a cousu l'adresse de la mairie de Lebucquière. L'enfant poursuit :

— Cette nuit, dans ma cabane, mademoiselle m'a manqué autant que toi, tu sais !

Cette affirmation plonge Hans dans un trouble profond. Il observe Max qui continue à dévorer sa ration et le serre contre lui.

— Tu n'auras plus besoin de cette adresse maintenant ! Lebucquière, c'est fini, tu comprends ?

Max regarde son père, en proie à mille pensées. Il semble traversé par des sentiments contradictoires. Une tristesse voile ses yeux.

Hans le voit, le sent et enchaîne :

— C'est bon de parler allemand, non ? Ça faisait longtemps !

Max fait signe que non.

— J'ai parlé à un Allemand hier, il m'a donné ça…

Il sort de sa poche le portefeuille du soldat mort et le donne à Hans qui l'examine sans comprendre.

À nouveau, résonnent les pas de ceux qui vont sur les routes. Des gens, des chevaux, des chiens. Des pas lents, lourds. Des chaussures usées, fatiguées, souvent rafistolées.

Sur le chariot de Paul, Mado est assise, bien droite. Suzanne est venue s'asseoir à côté d'elle.

Les visages sont graves.

Le village marche sans un mot, sur une petite route qui descend. Aucune ombre pour se protéger d'un soleil bien accroché dans un ciel si bleu.

Et puis chacun tend l'oreille. Un grondement sourd fait taire les alouettes des champs.

Paul sent le sol vibrer sous ses pieds. Un bruit puissant s'impose irrésistiblement et tous tournent la tête vers le sommet de la côte qu'ils viennent de franchir.

Ils voient surgir une armada de Panzers qui roulent à belle allure, espacés les uns des autres de quelques mètres, en bon ordre.

C'est un rouleau d'acier et de fureur, implacable, terrifiant.

Paul et les siens, stupéfaits, voient venir vers eux les blindés allemands. Ceux-ci les contournent en passant de part et d'autre, écrasant les champs de blés.

Les Panzers et leurs équipages, couverts de poussière, souriants, confiants, les dépassent dans un bruit assourdissant. Certains jettent du chocolat aux civils en faisant un geste amical de la main. Les enfants saisissent les plaques de chocolat, les ouvrent, ravis.

Puis ce rouleau compresseur s'éloigne dans un immense nuage de poussière, en toute quiétude. Les gens du village ont à peine le temps de reprendre leurs esprits que survient, dans la foulée, le véhicule léger décapoté de Cornelius et son assistant.

Le cinéaste les salue, sort sa caméra et commence à filmer les visages de ces gens qui vont sur les routes. Il s'intéresse à l'état de leurs chaussures, la saleté sur les vêtements, les mains. Il essaie de convaincre, en français, les gens de regarder la caméra mais tous les visages se détournent, ou presque.

Paul présente les traits d'un homme abattu, hagard. Mais sous l'objectif de Cornelius, il redresse la tête sans regarder la caméra. Le réalisateur et son assistant repartent, heureux d'avoir pu filmer ces visages graves de paysans vaincus… Goebbels va adorer.

Les villageois se remettent en route, sous l'impulsion de Roger.

Cornelius et son assistant filent à toute allure dans la campagne en direction de Paris. Ils ont le sourire aux lèvres : on leur a promis de la pellicule couleur pour filmer Paris !

Ils arrivent sur une petite colline où ils sont attendus.

Des soldats allemands sont alignés devant leur lieutenant qui observe l'arrivée du véhicule cinéma.

Tandis que Cornelius s'approche à pied en réajustant son revolver glissé dans son ceinturon, l'officier allemand ordonne de faire descendre d'un camion des soldats français faits prisonniers.

Cette fois-ci, ils sont tous blancs.

Les soldats font aligner les prisonniers afin que le réalisateur puisse les filmer. L'assistant lui tend la caméra. Les visages de ces hommes, jeunes pour la plupart, ont l'air fatigué. Certains sont résignés, d'autres contiennent leur rage.

Mais un brouhaha, une altercation dérange Cornelius.

Un prisonnier essaie de récupérer quelque chose qu'emmènent les soldats allemands. C'est Percy qui veut reprendre sa cornemuse.

— Qu'est-ce que vous allez en faire ? Vous ne savez même pas en jouer, bande de connards…

Cornelius, amusé, s'approche de Percy et lui dit en anglais.

— Du calme… Du calme ! Tu sais jouer de la cornemuse, toi ?

— Ça se pourrait… lui répond Percy. Qu'est-ce que tu m'offres ?

M. Cornelius lui répond :

— L'éternité sur ma pellicule !

— Et me permettre de garder ma cornemuse, c'est dans tes compétences aussi ?

— Ça se pourrait…

Les deux hommes se dévisagent un moment. L'idée de la cornemuse plaît beaucoup à Cornelius. Il ajoute sur un ton plutôt doux :

— Joue pour mon film… S'il te plaît !

Percy prend sa cornemuse et la remplit d'air en soufflant dans les embouchures. Les premiers sons amusent les soldats allemands. Cornelius, très excité, commence à filmer Percy. Celui-ci joue les premières notes d'un air de musique, grave, profond, mélancolique. Tous sont rapidement sous le charme de cette musique puissante, qui touche les âmes, allemandes ou françaises.

Percy, tout en jouant, fait signe à la caméra de se rapprocher. Cornelius resserre sur le visage de Percy, qui, les yeux fermés, joue, habité par la mélodie.

Il pousse une dernière note longue, suspendue, puis s'arrête.

Percy fixe Cornelius qui a le visage collé à sa caméra.

— Ça t'a plu ?

Percy n'attend pas de réponse. En un clin d'œil, il s'est emparé du revolver que porte Cornelius coincé sur le ventre. Il pointe la caméra et tire.

Des ordres sont hurlés en allemand et un fusil-mitrailleur entre en action. De rage, tous les prisonniers sont abattus sur-le-champ.

Le village s'est réuni dans un champ, à l'ombre d'un arbre planté en bordure de route. On tient conseil mais sans Marianne ni tapis vert. Tout le monde s'est assis par terre, Paul est parmi eux. Mado et Suzanne, prostrée, sont un peu à l'écart.

Paul prend la parole.

— Vous avez vu comme moi… Les Allemands foncent devant nous. On dirait que personne ne peut les arrêter. Ça ne sert à rien de continuer. Ils seront à Dieppe avant nous. La guerre semble déjà perdue…

Chacun mesure le poids de cette information. Les gens se regardent, comme pour se convaincre qu'ils ont bien entendu ce que vient de dire leur maire.

— J'ai commis une grave erreur. Jamais j'aurais dû vous emmener sur les routes et vous faire vivre tout ça !

Roger cherche ses mots.

— Paul… Tu as pris la bonne décision ! Il fallait partir !

Les deux hommes se regardent, Paul essaie de trouver du réconfort dans les mots de Roger, qui enchaîne.

— T'as vu leurs blindés comme moi ! Qu'est-ce qu'ils ont laissé derrière eux ? Dans quel état sont nos villages, tu t'imagines ? Et puis la guerre, elle peut pas être perdue en dix jours quand même !

Les gens regardent Roger. Ils ne savent plus quoi penser.

— On n'a pas fait tout ce chemin pour faire demi-tour, Paul ! Tu vas nous emmener plus loin ! Poitiers… Bordeaux… Les Allemands n'iront jamais jusqu'à Bordeaux !

Paul répond.

— J'aimerais le croire, Roger. J'aimerais bien ! Si tu te sens, vas-y ! Moi, je fais demi-tour, je trouverai un pont quelque part et je rentrerai chez moi. Faites comme vous voulez…

Mado, à ces mots, se lève et va vers leur chariot.

Les gens hésitent, ils sont perdus. Les familles se concertent. Des décisions se prennent, facilement chez certains, dans la douleur pour d'autres.

Paul s'approche de Suzanne, assise dans l'herbe. Il s'assoit près d'elle.

— Qu'est-ce que tu comptes faire, Suzanne ?

Elle lève la tête, le regard perdu.

— Je vais rentrer ! Je lui ai cousu l'adresse de la mairie de Lebucquière sur ses vêtements. Tôt ou tard, je saurai ce qu'il lui est arrivé…

Suzanne est saisie par l'émotion.

— J'ai besoin de savoir. Ce sera insupportable sinon !

La jeune institutrice regarde Paul, les larmes aux yeux. Il lui pose la main sur l'épaule avec affection.

— On a pris des décisions qui nous ont dépassés, Suzanne ! Tout nous submerge maintenant... Il n'y a qu'une chose à faire pour ne pas perdre pied : reprendre la place qu'on n'aurait jamais dû abandonner ! Rentrons chez nous. Les Allemands nous respecteront si on occupe notre poste, tu verras !

Paul se lève et rejoint Mado qui donne à boire à Joséphine, toujours suspendue dans son sac en jute.

Mado ne quitte pas des yeux leur oie mais s'adresse à son mari.

— Suzanne n'est pas ta fille, Paul. Laisse-la vivre...

Comme Paul, les villageois ont choisi à présent. Une petite moitié du village décide de poursuivre, avec Roger. Comme la famille endeuillée de Pauline.

Paul donne l'impulsion à ses chevaux et le chariot repart en sens inverse, suivi par Suzanne et tous ceux qui ont décidé de rentrer.

Les gens se regardent, ceux qui rentrent, ceux qui continuent plus loin. Ils savent qu'ils se voient sans doute pour la dernière fois. Certains se font des signes de la main mais la plupart cherchent simplement à graver dans leur mémoire, les visages de ceux qu'ils connaissent et côtoient depuis tant d'années. Ils ne veulent pas oublier les traits de leurs compagnons d'infortune.

Roger donne l'impulsion à son tour et les deux convois se croisent, empruntant des routes opposées.

Paul et les siens sont à la nuit tombée aux abords de la Somme.

L'armée allemande a reconstruit un pont avec des planches en bois. Des soldats avec leurs torches, accompagnés de chiens, patrouillent sur les berges.

Des sentinelles surveillent le pont, à ses extrémités.

On demande à Paul et aux siens de s'arrêter à l'entrée du pont. De l'autre côté du fleuve, on distingue des gens qui attendent eux aussi d'avoir l'autorisation de passer.

Paul est face à un officier allemand qui garde l'entrée du pont. Celui-ci parle en français.

— Pourquoi voulez-vous remonter vers le nord ? Nous ne rencontrons que des gens qui fuient au Sud !

— Nous, nous voulons rentrer chez nous, dans notre village, à Lebucquière. Je suis le maire ! lui répond Paul.

— Donnez-moi vos papiers !

L'officier retourne à son petit QG de campagne et décroche le combiné d'un petit téléphone portatif. Il attend.

De l'autre côté du pont, un autre officier allemand décroche le même type de téléphone et écoute. Derrière lui, ses hommes ont commencé la fouille et la vérification des papiers appartenant aux personnes qui attendent de ce côté-ci du fleuve.

Tous les fusils de chasse, couteaux et autres objets sont confisqués.

L'officier allemand consulte une carte d'état-major, le téléphone collé à l'oreille. Il vérifie la position géographique de Lebucquière.

Paul voit l'officier allemand qui raccroche et revient vers lui. Il lui rend ses papiers et lui donne l'autorisation de traverser le pont.

Paul se tourne vers les siens puis parle à l'oreille de son cheval.

— Allez Hitler !

Paul avance avec son attelage, suivi par ce qui reste du village. Suzanne marche derrière le chariot de Paul. Elle croise les premières personnes de la rive d'en face. Ce sont des civils, dans un état aussi lamentable qu'eux.

Et puis soudain, face à elle, Suzanne aperçoit Max.

Il marche au côté d'un soldat allemand, seul militaire parmi tous ces civils.

Max l'a vue, lui aussi. Il reconnaît aussi Paul et son groupe qui avance. Le petit garçon marche avec Hans qui a revêtu l'uniforme du soldat allemand mort sous les yeux de son fils. Il a autour du bras gauche un morceau de tissu plein de sang et un petit sac dans le dos.

Lorsqu'ils croisent un premier groupe de soldats allemands sur le pont, les soldats dévisagent Hans qui ne les regarde pas. Ils voient la sale blessure qu'il a au bras gauche et ne posent pas de questions.

Hans voit venir Paul.

— Regarde devant toi… Ne regarde personne ! murmure-t-il à Max.

Hans dépasse Paul qui ne se retourne pas. Les deux hommes se sont à peine regardés.

Ils s'approchent de Suzanne qui marche vers eux, de plus en plus bouleversée. Hans s'inquiète, il porte l'index droit à ses lèvres et évite le regard si intense de la jeune femme. Ils se croisent.

Max n'a pas pu s'empêcher de se retourner et il voit que Suzanne en a fait de même. Hans tire sur la manche de Max pour qu'il regarde à nouveau devant lui. L'enfant obéit.

Suzanne s'est arrêtée. Elle laisse le chariot de Paul s'éloigner.

Mado la regarde fixement, assise sur le chariot. Dans un sourire, Suzanne lui fait « au revoir » de la main. La jeune femme, toujours immobile, regarde les villageois s'éloigner sur le pont. Certains se retournent, ne comprenant pas pourquoi elle s'est arrêtée.

Un homme poussant, la tête basse, une petite charrette vient la heurter, brutalement.

Suzanne sort de sa torpeur, se retourne et remonte la cohorte des civils qui marchent en sens inverse.

Elle laisse derrière elle sa vie à Lebucquière. Elle rejoint Max. C'est le petit garçon qui la remarque en premier. Il lui sourit et elle lui prend la main.

Hans s'aperçoit de la présence de Suzanne à leurs côtés mais il n'a pas le temps de réagir car ils parviennent à la hauteur des sentinelles qui gardent l'entrée du pont.

L'officier allemand qui commande cet accès, leur fait signe d'arrêter. Max et Suzanne ne se lâchent pas la main.

Hans effectue le salut nazi.

— Heil Hitler ! Je suis Karl Renfordt de la 7e Panzerdivision.

Hans sort le portefeuille du soldat mort et le passe à l'officier qui le scrute. Du sang tache les papiers à présent, notamment la photo d'identité dont on ne voit qu'une oreille et le menton.

— J'ai été blessé en livrant bataille hier contre les Français. Je dois rejoindre mon unité qui est passée ici !

L'officier lui rend son portefeuille. Il ajoute :

— Vous devriez vous dépêcher. Ce sont des fous furieux. Ils roulent même la nuit.

L'officier se tourne vers Suzanne et Max ; du regard il interroge Hans pour savoir qui sont ces gens qui l'accompagnent.

— Cette femme et son enfant m'ont porté secours. Je leur ai promis de les aider à franchir le fleuve, se dépêche de préciser Hans.

L'officier dévisage Suzanne puis Max. Il demande leurs papiers.

Suzanne tend sa carte d'identité et montre le tissu cousu dans les vêtements de Max où le nom « Blondel » a été brodé. Hans voit Suzanne prendre tendrement Max sous son bras devant l'officier allemand qui s'est penché pour lire le tissu cousu.

L'officier allemand leur donne l'autorisation de passer.

Suzanne, qui tient Max par la main, s'approche de Hans.

Ils marchent tous les trois sans un mot, s'éloignant du pont, sans se regarder.

Au bout d'un moment, Suzanne craque et s'agenouille pour prendre dans ses bras Max, qu'elle sert très fort.

L'enfant répond à son étreinte, lui aussi très ému.

Hans assiste à leurs retrouvailles. Il est gêné, ne sait pas quoi faire, comme s'il était de trop.

Hans est au pied d'une imposante meule de foin, dans la nuit. Il s'est défait de l'uniforme allemand pour revêtir ses vêtements civils. Puis il a dissimulé le vêtement du soldat dans le foin. Il se lève et gravit les barreaux d'une échelle en bois posée contre la meule de foin.

Arrivé en haut, il tire à lui l'échelle.

Max est couché sur le côté dans le foin, lové contre Suzanne. Hans s'allonge en face d'eux ; heureux, il leur adresse un sourire timide.

Le petit, à moitié endormi, se rapproche de son père et se colle contre lui. Il s'endort aussitôt, épuisé. Hans et Suzanne se regardent. Ils ne parlent pas. À leur tour, ils ferment les yeux afin de trouver le sommeil.

L'aube s'est levée. Suzanne, Hans et Max ont déjà repris la route. Ils sont dans un chemin creux et les cimes des arbres plantés sur les talus forment une voûte verdoyante qui se découpe sur le ciel bleu.

Le chemin qui remonte est étroit : Suzanne et Max sont passés devant Hans. Il les voit, inséparables, se prendre la main. Lorsque le chemin s'élargit, Max se tourne vers son père et l'invite à se joindre à eux.

Ils s'éloignent tous les trois ainsi tandis que les feuilles frémissent sous la légère brise.

Imprimé en France par CPI
en septembre 2015

Dépôt légal : octobre 2015
N° d'édition : L.01EHBN000791.N001
N° d'impression : 129478

Cet ouvrage a été mis en page par IGS-CP
à L'Isle-d'Espagnac (16)